エッグ／MIWA

21世紀から20世紀を覗く戯曲集

野田秀樹

新潮社

目次

装画　末房志野
装幀　新潮社装幀室

エッグ／ＭＩＷＡ

21世紀から20世紀を覗く戯曲集

エッグ

野田地図《NODA・MAP》

第17回公演

2012年
9月5日㈬〜10月28日㈰
東京芸術劇場 プレイハウス

第19回公演

2015年
2月3日㈫〜2月22日㈰
東京芸術劇場 プレイハウス

3月26日㈭〜4月8日㈬
シアターＢＲＡＶＡ！

4月16日㈭〜4月19日㈰
北九州芸術劇場 大ホール

パリ国立シャイヨー劇場 正式招待公演

2015年
3月3日㈫〜3月8日㈰
パリ国立シャイヨー劇場

知った気になっている過去

この台本を書いている時に不思議な体験をした。

自分が書いてきた創作ノートの中に、とても気になる「言葉」を見つけた。自分のノートであるから、もちろん私が書いた「言葉」のはずである。けれどもその「言葉」は、私自身が考えて書いたものなのか、或いは、誰かの文章の引用なのか。どうしても思い出せない。自分っぽい「言葉」のような気もするし、誰かの「言葉」のような気もする。私は心当たりのある作家の本などを読み漁って、その「言葉」の出所を探した。が、見つからなかった。やはり私自身の「言葉」なのかもしれない。私は、この芝居の中に、わずか二行ばかりのその「言葉」をセリフとして使っている。

その出所のわからない「言葉たち」はいったい誰のものだということになるのだろう。

私の創作ノートの中にありながら、私によって「もしかしたら俺の言葉じゃないかもしれない」と見放され、それでいながら、しゃあしゃあと、私の作品の中に使われている。不憫にも思うが、それが「言葉」というものの正体だろう。

一旦使われた「言葉」を「過去」と呼んでいいのだったら、そして「過去」を「歴史」と呼び換えてよいのであれば、そんなことがやはりいつも起こっている。「歴史」は、必ずいつか、誰の手で書かれたものかわからなくなる。

　1960年代、私の小学生の時代は、まだ辛うじて日露戦争（1904～1905年）の話をしたがるような爺さんが近所にいた。

　そんな話を聞いても、子供の私にはそれはリアリティを持って聞くことのできる過去ではなくて、平清盛の時代の戦と大した違いはなかった。少年時代の私にとって、「戦争」と言えば、紛れもなく私が生まれる十年ほど前に終わった「第二次世界大戦」であった。

　おかしなものだ。「日露戦争」と同様に、私は「第二次世界大戦」を生きていたわけではない。にもかかわらず、「第二次世界大戦」は、私の脳裏に、生々しい「歴史」すなわち「知った気になっている過去」として刻まれている。一体、人間にとって、どのくらい昔までが「知った気になっている過去」なのだろう。そして、どのくらい昔になると「どうでもいい過去」になっていくのだろう。

　私に限って言えばはっきりしている。第二次世界大戦は「知った気になっている過去」であり、日露戦争は「どうでもいい過去」である。

「知った気になっている過去」は、私の創作ノートの中に見つけた「言葉たち」と似ている。

　誰が書いたものであるかわからない。

　私の「過去」であるような気もするが、誰か他人の「過去」であるようにも思えてならない。そしてこれから先、いつの日にか、まったく誰が書いたものかわからなくなるのだろうか。創作ノートの中で見つかったあの「言葉たち」のように。そして、やがて「どうでもいい過去」になっていくのだろうか。私が、小学生の時に近所の爺さんから聞いた「日露戦争」という言葉のように。

今日これから皆さんが目の当たりにするお芝居が、そうした「どうでもいい過去」には見えないように、そうドキドキしながら、私は『エッグ』を創った。

（「エッグ」２０１２年 公演パンフレットより）

エッグ

パリ国立シャイヨー劇場公演では、
＊印部分が149頁のようになります。

遠くに、剝《む》き出しの梁《はり》がある。

古くて大きくて太い梁だ。
その梁から、ここには古くて大きな構造物があったことがわかる。
舞台上には、たくさんのロッカーたちが廃墟の遺物のように転がっている。
そこに、劇場案内係と女学生たちが現れる。

劇場案内係[*1]　女学生のみなさん、こんこん、こんにちは。わたしが当劇場の案内係の野田秀子です。今日は修学旅行の皆さんにお芝居を見せるつもりだったんですが、ご覧の通り、この劇場もあっという間に古くなっちゃって、もう改装工事しなくちゃいけなくなりました。……ほんとよ、私はウソをついたことがありません！　それで、こんな人生だもの……（ふっと、過去を思い出している間）というわけで、見て、今日は芝居どころじゃないの。それで私が、改装中の劇場を案内して、お茶を濁すことにしまあす。あ、頭上に気を付けて！（一人の女学生に、パッとヘルメットをかぶせて、頭を傍の棍棒でたたく）それから、心の中もね。改装中の劇場では魔物が降ってきます。心にもヘルメットを被ってください。

女学生・△田　心に降ってきた魔物は何するの？

劇場案内係　（胸を押さえて）イタイ！　私たちを『過去』へ連れて行きます。

女学生・□田　連れてってどうするの？

劇場案内係　懐かしがらせるの。改装前の方が良かったなって。そうならないために今、劇場の中を失敗した手術中のおなかの中みたいに散々な姿にしています。過去に天罰を与え、あなたのノスタルジアを叩き潰しているんです。

女学生・△田　でも改装後の劇場には夢と明日《あした》が棲みつくわけでしょう。

劇場案内係　いい質問には答えません。悪い質問だけにしてください。

女学生・×田　下から見えるのはハナゲですか？

劇場案内係　（女学生・×田の腹に拳を入れる）悪い質問には拳固が飛びます。

女学生・×田　それじゃ私たち、何の質問もできないじゃない。

劇場案内係　あんたたちは、されるがままに案内されればいいの。でなけりゃ歴史の迷子になるよ。

太い梁が、女学生たちの頭上を通る。

女学生ら　うわあっ！

その太い梁に乗っかった女学生・〇田フミヨが現れる。
その拍子に、女学生たちは、太い梁の向こうに消える。

〇田フミヨ　案内係のオバさん、これは何かしら？
劇場案内係　誰？
〇田フミヨ　クラス一の嫌われ者です。
劇場案内係　一目見てわかるわ。
〇田フミヨ　天気がいいんで、一人でふけて工事中の屋根の足場にあがってお弁当を食べていたの。そしたらこの紙がペラペラっと風に揺れて、大きな梁《はり》にはっついていてさ……。
劇場案内係　古い原稿用紙ね。
〇田フミヨ　なんだろうって剝がしたの。
劇場案内係　文字も赤茶けてる……『エッグ』。
〇田フミヨ　気持ち悪いでしょ。
劇場案内係　気持ち悪い？
〇田フミヨ　あたしちょうど卵焼きを口に入れたところだったから、あらかじめ誰かがそのことを知っていたみたいでさ。
劇場案内係　あれ？　寺山修司って署名があるわね。

○田フミヨ　聞いたことあるよね、誰だっけ？[*2]
劇場案内係　すごいわ、すごい、寺山の脚本の生原稿よ。
○田フミヨ　なんであんなところに張りついていたんだろう。
劇場案内係　ね〜え？　あたしこれいただいてもいいかしら？
○田フミヨ　いただくって？
劇場案内係　あたし、この劇場の芸術監督の愛人なのよ。
○田フミヨ　それ、何？　自慢？
劇場案内係　彼ったら今、新作生み出すのに苦しんでるの。だから、この脚本をあの人に貢ぎたいの。
○田フミヨ　貢ぐとどうなるの？
劇場案内係　わかるでしょう？　女同士、いろんな事情が。
○田フミヨ　……わかった。あげてもいいよ。
劇場案内係　ありがとう。あたし、あの人とオーストラリアで暮らすのが夢なの。
○田フミヨ　へへへ（かけ去る）。でもその脚本、途中で終わってるよ。
劇場案内係　どういうこと……あれ？　他の子たちは？　私が案内しないと迷子になっちゃうのに。

工事中の太い梁がふたたび頭の上を通り、向こうへ去っていく。○田フミヨが消える。瞬時に、劇場案内係は芸術監督に変わり、椅子に座りパイプを吸っている。

男が立っている。

男　というわけで、私とあなたがここで唐突に出会うことになりました。手術台の上の蝙蝠傘とミシンのように……。

芸術監督　誰？

男　キミこそ誰？

芸術監督　監督です。

男　私も監督です。

芸術監督　この劇場の芸術監督です。

男　ああ、あの劇場案内係とオーストラリアで暮らすという……へえ、愛人同士、顔が似てくるっていうのは本当なんだね。

芸術監督　愛人？　そんな生き物見たこともないよ。

男　でもこの『エッグ』の話を愛人から手に入れたんだろ。

芸術監督　失敬な男だな。

男　黙っておいてやるよ。

芸術監督　君はどこから来たんだ？

男　お手元の日に焼けた原稿用紙から。

芸術監督　うん？

男　登場人物です、寺山修司作『エッグ』の……。

芸術監督　……すみませんでした。盗作するつもりはないんです。あまりにも貴重な、寺山さんの消えてしまった遺作原稿なので。でもこれを書いている途中で寺山さんは亡くなったんですよね。

男　そう、ワレワレ登場人物をほったらかしにして。

芸術監督　だから、ちょっと私が改修工事して、時代設定を今風にして、2015年の芝居として蘇るようにと……。

男　だったら、私が監督します（原稿用紙を芸術監督から奪う）。

芸術監督　あ、そういう意味での監督だったんだ。

消田監督　いいえ、私、『エッグ』全日本代表監督、消田《きえた》仕草です。

劇場案内係　全日本代表監督？

消田監督　そう。『エッグ』はスポーツなんです。

芸術監督　そんなスポーツ聞いたことがないな。

消田監督　『エッグ』は、壊れやすいボールを移動させるスポーツです。

芸術監督　え？　ボールが壊れるの？

消田監督　ひと試合に平均、40から50個のボールが壊れます。壊れ続けます。人間の破壊衝動を捉えたスポーツだと言えます。けれども七人のプレイヤーたちが、壊れやすい『エッグ』を素早く安全に時に巧妙に移動させる、その姿に人々は感動してきたのです。さながらあの夫婦でも見るように。

芸術監督　え？　何？　急に『あの夫婦』って？

消田監督　どこから話しましょう、この話……あれ？
芸術監督　なんですか？
消田監督　誰かに同じことを言った気がして……。

芸術監督、去る。
舞台は、現代に甦った『古びた原稿用紙に書かれた物語』となる。
[*3]古い建造物からその『あの夫婦』が現れる。
車椅子に乗った男、女が押して古い建造物からこちらへやってくる。
やがて、女、車椅子を押しながら歌い始める。

『喪失』
いつもデジャブ　夕暮れの電話
前にもあった　こんな不幸せ
だから嫌い　夕暮れの神話
前にもきいた　不穏な幸せ

これから今夜どうしよう
長いよね

あなたがいなくなった時間を
ずっと　どうしよう

いつもデジャブ　手遅れの電話
前にもあった　そんな不幸せ
だから嫌い　木《こ》の暗《く》れの神話
前にもきいた　不遜な幸せ

あれから明日はどうしよう
長いよね
あなたがいなくなった時間を
ずっと　どうしよう

消田監督　夫の名は、阿倍比羅夫《あべひらふ》。『エッグ』の聖人と呼ばれた男。妻は、彼と共に生きた歌姫。その甘き歌声は、春の野辺のストロベリー、名を苺《いちご》イチエ。阿倍と苺イチエの二人は、競技場の外で、壊れやすいエッグを運び、愛を孵化《ふか》させ育み、羽ばたかせた理想の夫婦だったので……。

苺イチエ　（消田監督の原稿用紙を奪って）そんな話じゃないわ！

阿倍は車椅子から転がり落ちる。
サイレンが聞こえてくる。
阿倍は今度は、病院のストレッチャーに乗せられる。慌ただしい景色となる。
苺イチエ、ひとたび去る。

消田監督とオーナーが、ストレッチャーの阿倍の横にいる。
原稿用紙が『見舞いの花束』に変わる。
苺イチエはそれを手に、遅れて飛び込んでくる。

苺イチエ 容態は？
消田監督 （原稿用紙を取り戻して）見舞いの花束も渡せない状態です。
苺イチエ 医者は何て言ってるの？
消田監督 頸部骨折と脊椎に重度の損傷だと。
オーナー それは事故ということよね。
消田監督 はい、オーナー。事故です。見舞いの花束も渡せないくらいの。
オーナー よろしい。
苺イチエ 違うのね。
オーナー え？
苺イチエ 何が起こったの？

オーナー　（しらばっくれて）何が起こったの？
消田監督　わたしは見ていません。
オーナー　だったら、よくある事故じゃないの。
消田監督　でもオーナー、もう外の廊下ではいろんな噂が飛び交っていますよ。
オーナー　廊下の噂とは私が直接話す。阿倍は『エッグ』の聖人なんだから。

オーナー、廊下に去る。

苺イチエ　この人が『エッグ』の聖人？
消田監督　ああ。
苺イチエ　背番号『7』は粒来《つぶらい》さんでした。この人じゃありません。
消田監督　え？
苺イチエ　エッグの聖人は粒来幸吉さんです。
消田監督　いや阿倍だ。
苺イチエ　粒来さんです。
消田監督　永久欠番『7』は、こいつがつけていた……こいつでいいんだ！

いきなり消田監督、無抵抗の阿倍に原稿用紙でできた花束で殴りかかる。原稿用紙飛び散る。
そしてフリーズ。

車椅子の阿倍が、ふっと立ち上がる。そこに散らばった原稿用紙を拾い上げて。

阿倍　目を閉じると、遠くすずろにうつろに、太い梁に貼りついたままの言葉が、無蓋の貨物列車に乗り、港へ、それから海を渡り、また港へ、汽車に乗り、歩いて歩いて、日に焼けて、やっと手元に戻ってきた。今この時代に。生まれ変わった『エッグ』……それは、大きな熱狂から始まる。

『熱狂したファン』がなだれ込んでくる。飲み込まれるように、阿倍、苺イチエ、消田監督去る。

ファンは皆、同じ背番号『7』をつけている。

その中心に背番号『7』の粒来幸吉がいる。もみくしゃにされながらも、何とか、ファンの群れをかき分けて、選手控室へ入っていく。

と、背番号『7』をつけていたファンの一部が、着替え始める。

別の背番号に変わることで、ファンから選手となる。

ひとり、緊張のない男が部屋を横切り外へ出ていく。

ワカマツ　今のだれだ？
タザワ　亡霊か？
平川　ここんとこずっと出番のない、名前、なんだっけ……。

粒来　そんな奴と試合前に口をきくな。
平川　はい、粒来さん。
粒来　出番のない選手は、ゆるんだゼンマイだ。一緒にいたら一緒にゆるむぞ。

粒来、一人、部屋の隅で集中し始める。
扉から消田監督が入ってくる。

消田監督　新しいのは来たか？
平川　阿倍ですか？　まだです。
葉隠コーチ　苺イチエもまだらしいですよ。
消田監督　誰だそれ。
ワカマツ　『ヘビメタリックガール』の。
葉隠コーチ　めちゃ売れてる曲ですよ。
消田監督　歌手はいいよ。試合の前に歌ってくれなくても。でも新人がいないのはまずい、ベンチスタートとはいえ。
平川　そうですよね（口を拭う）。
消田監督　え？
平川　え？（また口を拭う）
消田監督　平川、お前、水を飲んだな。

平川　え？　飲んでないです。
消田監督　減っているだろう、水が。
平川　あれ？　少し蒸発していますかね。
消田監督　ほとんど蒸発しているよな、飲んだから。
平川　飲んでいません。
消田監督　飲んだだろ。
平川　飲みました。
消田監督　なんでこの大事な試合の前に、お前は水を飲むんだよ。
平川　でも飲んではいけないものをなんで選手控室の机の上においてあるんですか。
消田監督　この水は罠だ。これからこの試合で中国チームが仕掛けてくるであろう無数の罠だ。それが水に化けてここにある。そいつにお前は早くも引っかかった。

控室、ひっそりと遠くに離れていた粒来がこちらを向く。

粒来　監督。気を使っていただいてありがとうございます。
消田監督　え？　気なんか使ってないよ。
粒来　みんなに水を飲ませてやってください。試合前に水を飲まないのは、俺の古くさい主義ですから。
消田監督　だからこそ粒来君のような選手が出来上がったわけじゃないか。

粒来　悲しい酒場では、酒が水に見える。だから酒が飲めない。そして試合前は、水が酒に見える。だから水が飲めない。それだけです。
平川　すいません。軽々しく目の前で水を飲んで……。
消田監督　粒来はそこまで自分を追いつめてるんだ。

そこに、水をガバッガバッ飲みながら入ってくる阿倍。最後に、しぶきをあげて空中に吹き上げる。皆、凍りつく。

阿倍　遅れました〜、でも俺のせいじゃないですよ。
タザワ　あいつですよ。
ワカマツ　え？　あいつが高校出？　18？
平川　老けてるなあ。
阿倍　阿倍です。貧しい農家の三男坊です。数日前に突然召集されて、船と汽車と自動車と自転車を乗り継いで今、娼婦たちに抱っこされながら到着しました……なんてな、でももう大丈夫ですよ、監督。
消田監督　もう大丈夫ですよって、何だ？
阿倍　『山のあなたの空遠く幸い住むと人の言う』……人助けのためにここに来ました。
消田監督　今日はベンチで控えだ。
粒来　（みんなに）いいか、さぁ、行くぞ〜（小声で）。

一同　おー！
粒来　声が聞こえないぞ〜。
阿倍　粒来さんが一番声出てないですよ。

皆、凍りつく。

消田監督　お前〜。
平川　（阿倍にそっと）粒来さんは、今回減量に失敗してるんだ。
阿倍　減量って、親からもらった体だろうに。
消田監督　粒来は減量までしてこの試合にかけている。四年前の悔しさを晴らすために。
阿倍　え？　それって四年間水飲んでないってこと？
消田監督　お前〜。

舞台奥、スタジアムの方から大歓声が聞こえる。

消田監督　なんだ、あの騒ぎ。
粒来　俺たちはまだ出てないぞ。
平川　苺イチエがステイジに上がってる。『君が代』斉唱だ。
阿倍　俺、彼女と結婚するんで。

平川　え？　フィアンセなの？
阿倍　今日これから知り合いになります。
粒来　皆、急げ、行くぞ！

構造物が、スタジアムに見えてくる。

遠く、スタジアムに、苺イチエの後姿が逆光で浮かぶ。

『君が代』終わりかけている。

「こけのーむーすーまーでー」が聞こえる。

試合が始まるサイレン。

舞台奥、競技が行われるスタジアムの方で大観衆の熱狂する音。

その間、ロッカールームは無人。やがて走りこむように、苺イチエとその振付師のお床山《とこやま》が駆け込んでくる。

苺イチエ　なんでよ、何が悪いのよ。
お床山　勝手に歌い始めちゃまずいよ〜。
苺イチエ　だって遅刻だって言うから、まっすぐグラウンドに出たのよ、そしたらワーッとか言うから、成行き上、もうマイクの前で歌うしかないでしょう。
お床山　誰も用意してなかったから、みんな狼狽《うろた》えていたじゃないの。

怪我して担架で担ぎ込まれる平川。
消田監督、粒来も後を追って現れる。

消田監督　なんだ、ほんとに痛いのか。
平川　いてえ、いてえよ〜。
消田監督　時間稼ぎで倒れこんだんじゃないのか。
平川　なんで開始早々に時間稼ぎをしなくちゃいけないんですか？
消田監督　でも開始三分で、ケガをするっていうのもどうなんだ？
平川　あの人が勝手に歌い始めたから、あわててグラウンドに出たら、ワーッって始まって、あっという間にエッグと一緒にグシャって、オリンピックがかかっているこの大事な試合に。
苺イチエ　また四年待てばいいじゃないの。
平川　何？
苺イチエ　だってオリンピックって四年に一回やるんでしょ。一生に一回の恋と比べてどうよ？
平川　どうよって、お前のせいで、許せねえ！
お床山　あ、立てた。
平川　グキッと来たところにピキッと来た。

審判と阿倍ら控え選手も、控室に現れる。

審判　ダメなら代わりを出してください（再びスタジアムの方へ）。
平川　監督、俺出ま……あ、グキッ、ピキッにブチッと来た！
葉隠コーチ　監督、誰行きます？
阿倍　俺行ってもいいですよ。
消田監督　オオイシ、準備できてるか。
オオイシ　はい！
粒来　今日は俺は勝ちたいんです。
オオイシ　それどういう意味だ。
消田監督　オオイシの経験は役立つ。
粒来　エッグに経験なんかいりません。実験精神のみです。
阿倍　だったら俺で実験してください。
粒来　とにかく、若くて活きのいい奴を。
阿倍　お試し期間中です。
粒来　今日を逃したら、二度とオリンピックに出られません。
阿倍　俺は出ますけど。
審判　（再び戻ってきて）早く！　次の回のインジェクション、放棄しますか？
消田監督　平川に代わって……タザワ。
オオイシ　え〜!?
タザワ　よっしゃあ、いきます。

粒来　タザワ、敵のスクランブルエッグに気をつけろ。
平川　迷ったら、粒来さんにボイルしてもらえ。
タザワ　そんなミスエッグ、俺しません。
粒来　行くぞ〜。

皆、競技場へ戻る。戻りかける粒来に。

苺イチエ　あの〜、センターエッグの粒来さんですか？
粒来　ごめん、試合中だから。
苺イチエ　あたしストーカーだったことがあるんです。
粒来　え？　なんですか？
苺イチエ　粒来さんのマンションの真下で、二週間くらい、粒来さーんって叫んでいた女の子覚えてませんか？
粒来　あの、殆ど警察に通報しかけた？
苺イチエ　あ、それがわたしです！
お床山　そこは自慢するところじゃないよ。
苺イチエ　私、油絵も何枚も送ったんですけど。
粒来　……あの全裸の男たちの絵？
苺イチエ　よかったあ、覚えてもらってたんだ。七人の裸の男たちがエッグをしている。でも全部、粒来さんの全裸です。

粒来　（逃げるように）ありがとう……。

苺イチエ　あと、玄関の前に生焼けの鶏肉を置いたのも……。

粒来　ありがとうって言ってるよね。

粒来、走り去る。

靴を履きながら観察していた阿倍、苺イチエに並々ならぬ興味を示して。

阿倍　君の歌って失恋のやつが多いじゃない。

苺イチエ　はあ？

阿倍　あれってやっぱり実体験なの？

苺イチエ　歌を作るために失恋してるの。

阿倍　ふうん。

苺イチエ　役のためならば前歯を抜く役者と同じよ。

阿倍　へえ、君の恋は前歯なの。

苺イチエ　そうよ。

阿倍　だったら俺にも一本ぬかせて。

苺イチエ　は？

阿倍　俺とつきあってくれない？

苺イチエ　ごめん興味ない。
阿倍　大丈夫、つきあったらすぐに興味を持つから。
苺イチエ　おまえ何様？
阿倍　今はサブスティチュート。試合も君との恋も。
苺イチエ　はい？
阿倍　でもすぐに奪ってみせる。君もセンターエッグも。

阿倍、競技場へ。
負傷した平川と苺イチエ、お床山を残して皆、競技場へ。
間。
大観衆の悲鳴と溜め息のようなものばかりが、スタジアムの方から聞こえ続ける。
平川は、モニターの画面（客席には見えない）を見ては、観衆と同じ反応をしている。

お床山　負けてるんじゃないの？　ルールはわかんないけど……。
苺イチエ　え？　ルールを知らずに見てるの？
お床山　このスポーツ薄気味悪いのよ。ボールが割れる時、変なものが出るじゃない。
苺イチエ　あれをばらまくと、漏れなく何かもらえるの。
お床山　興味のない人間には何のことだかさっぱり。
苺イチエ　それがスポーツってもんでしょ。

お床山　そうね、ゴルフなんかも、ボディーとかバギーとかブエノスアイレスとかさ……。
苺イチエ　ひとつもあってないよ。
平川　うるさいな！　客席で見ろよ。
お床山　……役立たずが。
平川　カマは黙ってろ。
お床山　振付師がみなカマだと思ったら大間違いだよ。

看護婦が入ってくる。

看護婦　平川さん、競技場内医務室へ。
平川　え？
看護婦　外科の先生が、治療してくださるそうです。
平川　あ、はい。

そこへ、オーナーが入ってくる。

平川　少し、治りかけている感じもしま……うっ！（オーナーとぶつかる）うっそだろう。
苺イチエ　あ、オーナー。
平川　え？　なんで、オーナーに親しげ？

苺イチエ　あたしの事務所のオーナーでもあるのよ。
お床山　というか、オーナーのお父様は、世界中の九割くらいのもののオーナーだって噂だから。
平川　すっげえ〜（去る）。
オーナー　おい、面倒はやめてくれ！
お床山　すいませんでした！
オーナー　試合前は、普通に『君が代』を歌え。もめ事は大嫌いだ。
苺イチエ　え？　歌ったよ。
オーナー　何、あのさいごのさいごの語尾は。
苺イチエ　何の話？
オーナー　私の耳は聞きのがさなかった。
苺イチエ　え？
オーナー　『苔のむ〜す〜ま〜ね』って、まね。って何、まね。って、なめた真似をすんじゃない。
苺イチエ　いいじゃない、ひと文字くらい。
オーナー　そのたった一文字の怖さをいつか君は思い知ると思うよ……いいかな、これはわたしの父上、すなわち会長の口添えがあって、いただいた仕事だ。君を売るために（お床山に）そうだよね。
お床山　はい、そうです。
苺イチエ　だから何。
オーナー　苺イチエになる前は、何て名前だっけ？

苺イチエ　苺ジャムです。
お床山　懐かしいなあ、ハチ公前で歌ってた頃、ららら〜。
オーナー　そのジャムだった頃、ハチ公前でわたしになんて泣きついた？
苺イチエ　きゃんきゃん？　ですか。
オーナー　ちげうよ！『売ってくれるのなら魂だって売ります』だ。あれは業界でいうところのファウスト契約だ。いいか、売れなかったアンジェラ・アキに眼鏡をかけさせたのも私だ。
苺イチエ　何が言いたいんですか？
オーナー　すべては私が一言つぶやいたからなんだぞ。この夏はヘビメタリックガールかも、苺イチエかもって。（お床山に）そうだよな。
お床山　はい、そうでした。
オーナー　私の後ろには百万人の『呟くアルバイト』がいるんだ。いいか？　今もその廊下に、『呟くバイト』を飼い殺している。もしも今わたしが『毎朝、もやしを鼻から食べると寿命が延びるかも』そう呟いてみろ、明日の朝は日本中の食卓でもやしだ。鼻からもやしだ。だから黙って言うことを聞け。
苺イチエ　父親みたい。
オーナー　母親だろ。
苺イチエ　でも父親に見える。
オーナー　こんな話知ってる？　ある外科の医者のところに、深夜、若い男が大けがで担ぎ込まれた。見れば、その外科医の息子だった。そこで看護婦がその患者に『今あなたを治療しているのは、お父さん?』と聞いたところ、違います、と答えた。何故?
お床山 あーはっはっは。
オーナー 何笑ってんだ?
お床山 え? アメリカンジョークじゃないんですか?
オーナー このカマ野郎が。
お床山 振付師がみんなカマではありません。
オーナー その通り。
苺イチエ はい?
オーナー 外科医がすべて男じゃない。その外科医は女だったんだよ。例えば、今これが芝居だとする。
苺イチエ・お床山 え? なんで?
オーナー いいから! で、私のセリフにオーナーと書かれている。誰もが、オーナーは男だと思って読み始める。で、ここらあたりで気が付く、あ、女かもって。それがあたし大っ嫌いなんだ。『あ、オーナーは女性だったんですか?』って言われんのが。わかった? 今後なめた真似すんじゃないよ。

オーナー、去ろうとする。

オーナー あ、それと。苺、お前、センターエッグの粒来が好きなんだって?

苺イチエ　え？　だれがそんなデマを。

オーナー　国中の美容室でそう言ってるよ。

苺イチエ　困った人たちね。

オーナー　結婚しな、粒来と。

苺イチエ　え？

オーナー　これが結婚するときの筋書、いいね（お床山に渡す）。

お床山　はい、勉強します。

オーナー　歌手が試合前に『君が代』を歌ったら、ピークを過ぎてるから。だから話題を作りな。まず結婚。そして引退。ファンの絶望。復帰の待望。一年休む。子供をつくる。離婚。麻薬中毒。崖っぷち。反省。自伝。焦《じ》れるファン。焦らしきったところで復帰。それであと四年は持つ。またやばくなったら声が出なくなる病い。いいね。

苺イチエ　いいねって、いいわけないでしょ。

お床山　I―17作戦。これ、いいかも。

オーナー　次のお前のライブで。

苺イチエ　え？　どういうこと。

お床山　①まず苺のライブの座席番号、I―17に粒来を座らせる。②舞台上から、苺がハプニングのようにプロポーズする。女から男へ。③ファンも粒来もイチコロだ。

オーナー、去ろうとする先に治療を終えて戻ってくる平川。

平川　女だったよ。外科の先生っていうからさ、てっきり俺、でも治ったかも……（オーナー、わざとぶつかって去る。平川、怪我する）うっそだろう……。

試合の前半が終わった音。
ロッカールームに二人の選手、タザワ、モガミが怪我をして担架で運ばれてくる。消田監督と選手、阿倍ら、ベンチにいた控えの選手が入ってくる。
粒来は、戻ってくるなり、ひとり隅でふさぎ込む。

消田監督　中国に36もエッグを割られた。前半だけで36対0。
選手ら　……。
消田監督　オリンピックに行きたくないのか。
選手ら　……。
消田監督　怪我をするな、怪我させろ！
平川　すれ違いざま、肝臓を殴れ！　敵の肛門に指を入れろ！
消田監督　平川。
平川　あ、すいません。
消田監督　その気性が災いしたんだろう、四年前。
葉隠コーチ　このくらいの怪我で泣くな〜。

モガミ　いえ、終了間際に敵の奴に、『お前の母親と寝たぞ！』と言われたんです。
消田監督　俺なんかお前の父親と寝たぞ！
モガミ　（涙目）ほんとですか。
消田監督　そう言い返せ！
平川　敵の心の傷に塩を塗りこめ、蛞蝓《なめくじ》をぶちこめ！
消田監督　平川。
平川　あ。
消田監督　ワカマツ、ヒロサキ、どうしてあのチャンスに見つめあった？
ワカマツ　あれは、粒来さんの指示で。
消田監督　そうか、粒来のか、ま、それはあれだ……。
選手ら　……。
阿倍　問題は粒来さんです。
一同　え？
阿倍　粒来さん、得点能力まで減量しちゃったんじゃないんですか？　粒来さんのエッグの割り方は古い。角で割ってるもの、今時。スポイトが遅いよ、遅すぎる。だから敵に余裕でスクランブルエッグされちゃうんですよ。
平川　てめえ、粒来さんに……。
粒来　（制して）36対0か……。

廊下でファンが暴れている音。
オーナー、入ってくる。

オーナー どうやって逃げればいいの？
消田監督 逃げるって。
オーナー 熱狂しているファンは、大敗した時、敵よりも恐ろしい敵になる。いいね。ここからの逃げ道だけは見つけておきなさい。

オーナー、去る。
審判、入ってくる。
代わりに怪我したタザワとモガミ、外に運ばれる。

審判 後半の選手交代は？
消田監督 二人に代えて、アキタとテンドウを。
粒来 俺も代わります。
消田監督 え？　何？　ダメだ！　ダメダメ！　負けてる上にお前を交代させたら、俺の首が飛ぶ。薄野原の戦国武将のように……。
粒来 （監督を制し審判に）粒来に代わって、阿倍を。
一同 阿倍!?

阿倍　甘いか酸っぱいか、皮をむくまでわからない。それがミカンと試合勘……と！

阿倍は、一人さっさとスタジアムへ。

消田監督　いかん、いかん、ミカン、いかん！

競技場のアナウンスはいる。「粒来に代わって、阿倍、背番号137。」

スタジアムの驚愕の歓声。
それをうけて、他の選手も平川ら怪我人、控えの選手もスタジアムへ。
控室に残るのは粒来と苺イチエのみ。

苺イチエ　いつから気がついてた？　あたしだって。
粒来　油絵のジョークあたりからかな。
苺イチエ　のってくれて、ありがとう。
粒来　その化粧を見たら、のるしかないだろう。
苺イチエ　私に婚約指輪をくれたことがあったじゃない？
粒来　ああ、つっかえされたやつ？
苺イチエ　今なら受け取ってもいいよ。

粒来　もう、誰かにあげちゃったよ。

苺イチエ　誰かって？

粒来　忘れた。

苺イチエ　四年ぶりだね。

粒来　四年になるのか。

苺イチエ　あの時も、オリンピックに出るんだって言ってたから。

粒来　ごめん、俺、ベンチで試合を見なきゃいけないから……生まれて初めて。

粒来、行ってしまう。苺イチエ、オーナーからもらった封筒を取り出す。そして読む。

苺イチエ　『あなたのそばで歌いたくてはるばるここまで来た。来週、このスタジアムで私のライブがある。これチケット。でもただのチケットじゃない。』……あなたを嵌《は》めることになると思うの。でもあってもいいか、こんな大坂城冬の陣のような純愛。まずお濠《ほり》を埋めて、それから夏の陣、だって誰もが、大陸の花嫁……次の曲、行くよ〜！

苺イチエ、机の上に上がって、ライブのように歌う。

『ミクロの別れ』

さよならされた夜は

目を閉じ眠ろう
たった今　この時から逃れるために
あなたには一瞬の別れでしょうけど
私には永遠のさよなら

さよならされた夜に
目が覚めたなら
あなたがいないことを　思い知るばかり
そして…寝ても覚めても　涙あふれ
夢も現《うつつ》もあなた

阿倍、入ってきて、ロッカーを何やらあけて探しまわっていると、粒来のロッカーがひとりでに開いて、苺からの封筒が床に落ちる。それを拾い。

阿倍　『来週、このスタジアムで私のライブがある。これチケット……』

苺イチエはそれに気がつかない。

あなたには一瞬の別れでしょうけど

私には永遠のさよなら
ガンバレガンバレガンバレ
それは聞き飽きたバイバイ

阿倍　今度、行くよ。君のライブに。
苺イチエ　え？　来なくていいよ。
阿倍　てれるな。行くから。
苺イチエ　早く試合に行け。
阿倍　あ、そうだ。やばいやばいやばい（何かを懸命に探している）。靴がない。
苺イチエ　え？
阿倍　靴がないんだよ。
苺イチエ　履いてるじゃない。
阿倍　僕の靴がさ。
苺イチエ　え？
阿倍　この靴は僕のじゃないんだ。
苺イチエ　なんで他人の靴を履いてるの？
阿倍　僕が聞きたい、なんで僕は他人の靴を履いているんだ？
苺イチエ　頭悪いからじゃない？

阿倍　よし、こうなったら今夜は裸足だ。裸足で走る。
苺イチエ　（後姿の阿倍に）やめろよ、日本の恥になるよ。
阿倍　あっという間にこの試合やっつけてくる。あの猿ども！

阿倍、靴を脱ぐとそのままスタジアムに走り出ていく。
水が小刻みにリズミカルに揺れる音が聞こえてくる。
そして、人の姿が暗がりでかすかにかすかに見えてくる。
だが何をしているのかはわからない。

消田監督の声　繊細に繊細に！
平川の声　繊細にだぞ。
粒来の声　スポイトするな。
消田監督の声　ピペットを使え、口で吸え。
阿倍の声　口で吸うんですか？
平川の声　失敗すると入るぞ。
消田監督の声　気をつけて掻きとれ！
平川の声　漏れてないか。
阿倍の声　漏れてません。
粒来の声　今だ、吸え。

阿倍の声　自分が吸います。
粒来の声　誰だ。
阿倍の声　阿倍です。
粒来の声　吸ったか。
阿倍の声　吸いました。
消田監督の声　エッグ、放れ。
阿倍の声　放ります。
消田監督の声　割れ。
阿倍の声　その前にまず、エッグシェルに穴開けます。
粒来の声　穴開けるって、何だ？
阿倍の声　項目34。２の穴、３の穴、６の穴、８の穴。開けました。
平川の声　すごいぞ、割れてない。阿倍がエッグシェルに穴を軽々と開けた！
消田監督の声　よし前へ行け！　阿倍、前線だ、前線にエッグを運べ。
阿倍の声　運びます。
粒来の声　絶対に落とすな！
平川の声　落とすんじゃないぞお！
阿倍の声　俺を誰だと思ってんですか。阿倍ですよ。

元通り、明るくなる。

裸足で戻ってくる阿倍。
歓喜と共に走りこんでくる消田監督、コーチ、選手たち、一番最後に粒来が平川と戻ってくる。苺イチエは消えている。

阿倍　36対。
一同　37！
阿倍　大逆転だ！
葉隠コーチ　かん、かん、監督！　悲願の！　悲願の！　悲願の！
消田監督　オリンピックか、オリンピックか、オリンピックか。

消田監督、コーチと抱き合う。消田監督胴上げ。
そのまま、報道陣に囲まれる消田監督。

キャスターたち　監督！　監督！
消田監督　まずは中国チームの健闘を称えたいと思います。
女性キャスター1　粒来交代という、大胆な発想はどこから？
消田監督　日本男児の、決断です。
男性キャスター1　あの阿倍起用は、初めから念頭にあったのですか？
消田監督　考えに考え抜いた、英断です。

女性キャスター2　どこに埋もれていたのです、あんなエッガーが。
消田監督　奴は貧しい農家の三男坊でした。病葉《わくらば》はいつか肥やしになる、美談です。
女性キャスター1　阿倍の裸足も監督の指示ですか？
消田監督　え？　裸足だったの？
女性キャスター2　ええ裸足の阿倍。いえ。
女性キャスター1・2　裸足のあべべ～。

「あべべ～、あべべ～」と阿倍を探して報道陣去る。
まだ興奮している控室。
隣の部屋からオーナーの声がする。

オーナーの声　さあ、お祝いのシャンパンをポンポンスポポンと開けるわよ！
消田監督　は～い。

大勢が隣の部屋へ。粒来一人シャワー室に残る。
平川、粒来をシャワー室に探して現れる。
阿倍も報道陣をかいくぐって粒来を探してシャワー室に現れる。

平川　粒来さん、本当にありがとうございました。

粒来　何の話だ。
平川　……四年前、暴力事件の後、死なずによかった。
粒来　もうあの話はいい。
平川　でも粒来さんが庇《かば》ってくれたから今日の俺があります。命の恩人です。
粒来　お前みたいなやつが、いつかチームに役立つんだ。
平川　粒来さん、俺たちはチームですね。
粒来　チームだ。
平川　これ娘の写真、大きくなったでしょう。
阿倍　(横から入って)え?　でも娘さん小さくないですか?
平川　大きくなったんだよ。
阿倍　あ、これ写真か。
平川　え?　え?　なに。
粒来　気にするな、こいつ何も考えていない。

平川、去る。阿倍と粒来だけが残る。

阿倍　粒来さん、本当にありがとうございました。
粒来　え?
阿倍　俺と交代してくれて。

粒来　ありがとうはいらない。
阿倍　でも現役の選手が、なかなか自分から監督に代えてくれなんて言えませんよ。俺なら言わない。
粒来　え？
阿倍　言ったらもう引退だな。
粒来　引退？
阿倍　現役の選手が絶対に使っちゃいけない言葉でしょ。『俺を代えてください』は。
粒来　お前の『ありがとうございました』は感謝じゃないのか。
阿倍　え？　なんですか？
粒来　軽蔑か。

それだけ言って、シャワー室から去ろうとする阿倍に。

粒来　でも阿倍。あれは違う。
阿倍　違うって？
粒来　前半だけで36対0、俺のミスで負ける。俺がオリンピック出場を台無しにしたことになる。それで、お前と代わってもっとぼろ負けしてもらい、俺を途中交代させた監督の采配ミスにしよう。そう思ったんだ……まだ現役でいたいからな。
阿倍　粒来さん……。

粒来　軽蔑しろ、今度こそ、心から。
阿倍　いえ尊敬します、心から。
粒来　阿倍。
阿倍　はい。
粒来　おまえ、エッグを割らずにエッグシェルに穴をあけたよな。
阿倍　ええ、まあ。
粒来　あれ、どうやったんだ？
阿倍　高校出たての俺が、大学出のエリートエッガーに教えていいんですか？

美酒に酔いしれて、ふたたび大勢が部屋になだれ込んでくる。
最後にオーナーが入ってくる。

オーナー　さあ、シャンパンを開けましょう、バカバカしいくらい大きな音を立てて。でもなんで、シャンパンてあんなにも大きな音をたてるの？　この世をバカにしてるの？　それともシャンパンがバカなの？　ポンポンポーンって。ポーンだって、ポーンよ！
消田監督　饒舌ですね、オーナー。

また皆、隣の部屋に。オーナーだけが、阿倍だけを引っ張って戻ってくる。

オーナー　（隣の部屋に）いけない？　饒舌の嵐。灼熱の地獄。断熱材の入った壁。冬の床暖。さあ私を一番熱くさせるのは？（阿倍だけに）それは、坊や！

阿倍　え？　オーナー。

オーナー　オンナーって呼んで。

阿倍　はい？

オーナー　今はそんな気持ち、ね？　で、ね〜ロッカーの中で。

阿倍　せまっくるしいですよ。

オーナー　せまっくろう。せまっくるしみたい。せまっくるしんでいこう。

ロッカーに入っていく二人。

近代公平（芸術監督）が別のロッカーから出て来る。例の原稿用紙を手にして読んでいる。

廊下の方が騒々しくなっていく。

そして、消田監督と平川がその廊下から慌てて入ってくる。

消田監督　平川聞いたか、今の廊下のつぶやき。

平川　いいえ。

消田監督　折角勝利の美酒に酔っていたのに……（近代公平に気が付いて）あれ？　見かけない顔だな。

近代公平　近代公平と申します。日本エッグ近代化振興協会からきました。

消田監督　なんで？
近代公平　私も、たった今までその歴史的な勝利に沸き返る廊下におりました。が、ふと隣にすわる背の高い猫背の男の青森訛りの呟きを聞いて……。
消田監督　え？　やっぱ、あんたも聞いた。
近代公平　はいはっきりと。
平川　何ていったの？
近代公平　『折角オリンピック出場が決まってたのにねえ……』と。
平川　何、その『決まってたのにねえ……』って。
近代公平　さらに呟きは続きました『遅かれ早かれ、検査が行われるはずだ』。
消田監督　検査？……糖尿病の？
近代公平　セックステストです。
平川　どういうこと？
近代公平　『どう見ても性別を偽った姿でプレイをしてるよね』。
消田監督　このチームにそんな男が？

ロッカーが開き、出てくるオーナーと気まずい感じの阿倍。

オーナー　そんなのは、敵の中傷だよ。のせられちゃダメ。
消田監督　たしかに、近代戦争はすべてが情報戦……え？　あ？　何？　え？

オーナー　調べていたのよ。この子を先回りして。
阿倍　はい調べられていました。
オーナー　この子は男。私が保証します。さて、次は誰を調べましょうか？
近代公平　残念ながら、そんな検査は無効です。
オーナー　無効って……。
近代公平　ちんちんのあるなしは、もはや男の証明にはなりません。とったりはったりちぎったりできる時代です。
阿倍　じゃあどうやって男を証明するんだ？
近代公平　では、あなたたちを徹底的に調べてみましょう。

白衣を着た看護婦たちが現れる。それぞれの選手の前に立つ。

間。

近代公平　それから三日後……。
阿倍　え？　何、三日後って、今、時が過ぎたの？
近代公平　沈黙に何の意味がありますか？　時が過ぎる以外の。
阿倍　三日かけて何を調べた。
近代公平　噂。
消田監督　噂？

近代公平　またの名を情報。各選手の体内に流れているその噂を血液から採取しました。
看護婦1　それらを、卵の殻に記憶させます。

調査開始。卵の殻を持った女性たち、ベルトコンベアーに卵の殻を次々と乗っけていく。

阿倍　え？　なんで卵の殻？
看護婦2　今日の試合で使った卵の再利用です。
阿倍　なんで卵の殻に穴をあけているの？
看護婦3　今日の試合で、あなたから盗んだ新しい技術です。
阿倍　え？　僕から？
看護婦1　卵の殻を割らずに、穴だけあける。
看護婦2　いわば、パンチカードも同じです。これで大量な情報が迅速に処理されます。
近代公平　ナチスがかつてパンチカードという新技術を使って、その人間がユダヤ教を信じているか否か？　そして、その町のどこに住んでいるか正確に把握したように。卵の殻に開けた穴は、一目瞭然であなたについて教えてくれる。

数多くの卵が入った笊籠《ざるかご》を阿倍に渡す。

近代公平　たとえば、これがあなたです。国籍、宗教、年齢、出生地、血液型、家族構成、音楽の趣味、お風呂でどこを真っ先に洗うか。そして性別。あなたに関するすべての噂です。

阿倍　あ、どうもありがとう。

近代公平　項目8と書かれた卵ありますね。それが、性別に関するものです。

看護婦2　穴が一つ開いている方いますか？

誰も手を上げない。

看護婦3　では、穴が二つ開いている方。

選手全員が、その卵を手にしてあげる。

看護婦1　皆さんの性別が判明しました……噂によれば。

看護婦一同　全員女性です！

一同　え!?

看護婦ら、白衣をそこに脱ぎ捨て、ケラケラ笑い、去る。

皆、唖然、呆然とする。

オーナー　全員、女って……この自称、男の中の男たちが、皆女かい。

近代公平　はい。
オーナー　そんなの根も葉もない噂でしょう。
近代公平　でも今や情報はすべて噂からできています。だから。
オーナー　だから何。
近代公平　今回のエッグ男子チームのオリンピック出場は見送られる……らしい。四年後を目指してください。
消田監督　こんな成行きでオリンピック出場がなくなるなんて。
オーナー　あいつらあたしに雇われてるくせに、勝手に呟きやがって、廊下の噂とは私が直接話す。

廊下に去るオーナー。

阿倍　おかしくないですか、こんな話。
粒来　まただ、またオリンピックに出られないのか？
平川　（近代公平に）お前、なんか隠してないか。
近代公平　いえ、なんにも。
平川　いや、顔が隠してる、おい、お前、ちょっとその隠した顔を貸せ！
粒来　やめろ、平川。また四年前と同じになる。
近代公平　え？　え？　いや、あの……。

暴徒化する選手たち。近代公平を追って去る。
近代公平、再び現れる。
舞台上に、巨大な新聞記事が映像で映る。
そこには『五輪出場停止！』『選手たち暴徒化！』などの見出しが躍っている。
こっそり、近代公平が現われて、例の原稿用紙をつぶさに読みながら机の前に座る。

近代公平 ちょ、ちょ、ちょ（消田監督に手招きをする）。
消田監督 え？　え？　どういうことだ？
近代公平 すいませんでした。
消田監督 何。
近代公平 あたし、作品を読み違えていました。

近代公平が芸術監督に変わる。

消田監督 あれ？　よく見たらあなた、あの芸術監督じゃないか……なんで登場人物になってるんだ？
芸術監督 謝るにしても、これの方が寺山修司らしいかなと思って。
消田監督 どういうこと？

芸術監督　これまでの寺山の脚本の改装工事2015年バージョンは全部無駄です。
消田監督　それは何かい？　今までの芝居、やった奴も見た奴も無駄ってこと？
芸術監督　はい。私、スポーツっていうから、選手はみな男の役だと思い込んでしまったんです。
外科医と聞いて男だと思うみたいに。
消田監督　どういうこと？
芸術監督　やがてこんなせりふがあるんです『今日からお前たちは白衣の天使だ』。
消田監督　看護婦さんってこと？
芸術監督　それが寺山修司の意図だったんです。
消田監督　女性のスポーツということか。
芸術監督　女性なのか、女装なのか……。
消田監督　女装するスポーツなんかない！
芸術監督　でもここ読んで。『その姿こそ、東京五輪を目指す白衣の天使であった』。
消田監督　え？
芸術監督　じゃあ、グッドラック。
消田監督　待てい！
芸術監督　はい？
消田監督　さりげなく意味ありげなことをいったな。東京五輪を目指す？
芸術監督　はい。
消田監督　じゃ何？　この話はしかも東京オリンピックの時代の話なの？　1964年の話な

の？
芸術監督　でも今は、２０２０年の方もあるし、その辺りのスリリングな感じもよろしく。
消田監督　よろしくじゃねえよ。どっちの東京五輪を目指すんだ？
芸術監督　『白衣の天使』というコトバが輝いている時代。それは今？　それとも１９６４年？　よく考えて。どっちなのか。じゃあね。
消田監督　おい、おい！　俺に押し付けるな。おい、芸術監督！　監督さ〜ん、説明を。

芸術監督は去り、残される消田監督。

一同　監督！　監督さ〜ん、説明を。
消田監督　……少し、落ちつかせてくれ……ま、というわけで、今日から君たちは白衣の天使だ。
阿倍　え？　ちょっと待ってください、詳しい説明を。
粒来　そうです。やっと、やっと、やっと手に入れたオリンピックなんですよ。
阿倍　僕の力で。
消田監督　お前たちに与えられた選択肢は二つだ。今日から何食わぬ顔をして、白衣の天使として生き、四年後のオリンピックを目指すか、無理ならば、男性としてこの場を去る。
粒来　でも俺は女として生きられません。
消田監督　女になれとは言っていない。白衣の天使になれと言っているんだ。

粒来　女じゃないですか。
消田監督　ただ着ればいいんだ。
粒来　何を。
消田監督　そこに脱ぎ捨てられた女の殻を、看護婦の白衣を。そしてナース帽を被れ。
粒来　いやです。
消田監督　黙って着てくれ、男ならば。
粒来　女の服をですか。
阿倍　みんな着よう。着ればまた四年後のオリンピックを目指せる……ユニフォームが変わるだけだ、男から女に。

阿倍が真っ先に着る。
それに、続く選手たち。

粒来　やめろ、俺たちは男だ。そしてエッグは男のスポーツだ。スポーツこそ男が男であるための最後の砦だ。皆やめろ、男の中の男でいろ。
阿倍　吉良上野介の館にも、そんな男の中の男を自称する侍が沢山いたそうです。
粒来　何の話だ。
阿倍　でも、四十七士にふいに攻め込まれた時、何をしたと思います？
粒来　え？

阿倍　女に化けて逃げだしたんですよ。
粒来　それは逃げる時の話だ。
阿倍　でも男の中の男だったんですよ。

そこにオーナーが廊下からかえってくる。

オーナー　（廊下の向こうに）まったく、お前たち群れなきゃ何もできねえんだろう！　バカヤロー……すぐそこで、噂の源とお話をしてきました。
阿倍　それで？
オーナー　エッグの起源は、なるほど白衣の天使でした。今まで黙っていました。そのこと……そのこと……監督、代わりに謝って。
消田監督　はい。すいませんでした。君たちに男の姿でエッグをやらせていたこと。
オーナー　でもね、外ではエッグを『女装するスポーツだ』といたずらに強調してイメージダウンをたくらんでいる輩がいるの。
粒来　たくらむ？　何故です？
オーナー　何故です？　監督！
消田監督　え〜、実はこのエッグはまだ五輪の正式種目になっていないからです。
一同　え〜！
消田監督　だからエッグの起源をあれこれ言って正式種目になるのを妨げようと。

阿倍　ふつうは、オリンピックの種目に決まってから、オリンピックの出場がきまるものじゃないんですか？
オーナー　あえてこういう形をとらせてもらいました。
消田監督　これは栄誉ある撤退です。四年後の東京オリンピックを目指し退きましょう。
阿倍　東京オリンピック？
粒来　どっちの？
消田監督　え？　どっちのとは？
粒来　どっちの東京五輪です？
消田監督　どっちもこっちもない。今なんだから。
オーナー　どっち!?　決めて!!
消田監督　１９６４年に決まってます。
オーナー　でも安心して、私が、このエッグを必ずや１９６４年には東京オリンピックの正式種目にしてみせます。だから、あなたたちのこれからの四年間を私に頂戴。今度こそオリンピックに出ましょう。
阿倍　はい。
オーナー　阿倍、いい返事ね。
阿倍　そのために俺たちはここにやって来たんですから。
オーナー　粒来、お前は？
粒来　オリンピックに出たい。男になりたい。もう失敗はできない、ただそれだけ。

オーナー　だったら、出られる。なれる。失敗はしない。それだけよ……監督！
消田監督　はい。
オーナー　統率して。
消田監督　気を付け！　諸君、これから君らは白衣の天使になる。始め！　これは特別な任務だ。エッグの起源にかかわる大事な大事な……。

皆、きわめて微妙な着替えの途中の姿。
粒来さえも、ついに、看護婦の白いソックスに足を通す。
その時、廊下から飛び込んでくるお床山。

お床山　ちょっと今、そこの廊下で変な噂を聞いたんだけれど……。

お床山、皆の変わり果てた姿を見て。

お床山　何かがちぎゃあう！

お床山を残して皆去る。
苺イチエのライブ直前の楽屋に変わる。

苺イチエ　え～！　なんで？　なんで、こんなライブが始まる三分前にそんな話をするのかな。
お床山　あれから一週間悶々としてたの。
苺イチエ　そのまま悶々としていれば良かったじゃない。あと三分くらい待てたでしょう。
お床山　でも、手遅れにならないかな。
苺イチエ　なんで。
お床山　想い焦がれていた人が、自分の思っていたような人ではありませんでした。それでもあなたは愛し続けられますか？
苺イチエ　え？
お床山　てことだから。
苺イチエ　それは、粒来さんが粒来さんではなくなったってこと？
お床山　そうもいえない、粒来さんは、そんな粒来さんだったってことかも。
苺イチエ　でも、たかが看護婦姿してるだけでしょう。
お床山　そこなのよ、なんだか得体の知れないものがちがうの、漠然と。
苺イチエ　他にも何か形で現れているの？
お床山　それはオンナ髭《ひげ》みたいな、新しいものが顔に生えてくるのか？　という質問であれば、ノーです。
苺イチエ　……大丈夫、愛せる。
お床山　その覚悟があるのね。
苺イチエ　うん。

お床山　良かった……じゃあもうひとつ言う。実は。
苺イチエ　え？　やめて、あたしもういっぱいいっぱいだから。

ステージへ飛び出ていく苺イチエ。

お床山　あたし、今度、映画監督になることになったから。

お床山、去る。苺イチエ走り出てきて、ライブステージに。

苺イチエ　ありがとう、ありがとう、みんなー、ありがとう。
ファン　（歓声）
苺イチエ　あたしは今日まで、恋に破れる歌ばかり歌ってきた。
ファン　（甲高い声で）苺〜！
ファン　ジャム〜。
ファン　ジャムじゃねえよ〜。
苺イチエ　野球の大リーグとかで、スタジアムのスクリーンみたいのを使って、プロポーズするの、みんな見たことある？
ファン　なんでそんなこと聞くの〜？
苺イチエ　今夜、そんなことをやってみようと思って、苺イチエの一期一会のために。

会場から悲鳴「やめて～」「いやだ～」「やれ～」「やめて～」ぐらいのバランスで。

苺イチエ　今日この会場には私が、ずっとずっと想い焦がれていた人が来てくれています。来てくれるようにお願いしました。そして、もしも、そこにあなたが座っていてくれたなら、世界で一番愚かに見えるプロポーズ、してもいいですか？　あなたが座っている座席ナンバー、それは愛にちなんだI列の、苺の『1』そして、その人の背番号『7』。Iの17番です。これでもう！　あなたは私から！　逃げられない！

ドラムロール。ジャーンでI―17に座っているのは、もちろんチケットを手にした阿倍。

歓喜に震える阿倍。

苺イチエの歌が始まる。阿倍も歓喜の中、歌い狂う、踊り狂う。

それは、苺イチエと阿倍のスター同士の結婚式の景色へと変わっていく。

その参列者すべてが歌い狂う。

『What did U say ?』
有合わせ間に合わせ埋め合わせ番狂わせ
顔合わせ鉢合わせ語呂合わせヒト笑わせ
巡り合わせ隣り合わせ力合わせ夢叶わせ

夢合わせ花合わせ万障繰り合わせ噫幸せ
召しませ　お出でませ　幸か不幸か
しあわせふしあわせ　いつの世も
向かい合わせ　背中合わせ
わっせー　わっせー
What did U say?

巡り合わせ隣り合わせ力合わせ夢叶わせ
夢合わせ花合わせ万障繰り合わせ噫幸せ
ガチガセ　美人局　幸か不幸か
しあわせふしあわせ　どちらでも
向かい合わせ　背中合わせ
わっせー　わっせー
What did U say?

召しませお出でませ
しあわせふしあわせ　いつの世も
向かい合わせ　背中合わせ
わっせー　わっせー　I say

What did U say?

この興奮の絶頂。
突然、車椅子に乗せられる阿倍。
無音。他は、フリーズ。

阿倍 こうして、我々夫婦の闘いは始まった。ひとえに私だけが愛する闘い。けれども、今日、こうしてつかず離れず終焉《しゅうえん》を迎え……してみれば、苺も私に聊《いささ》か惹かれていた……。

苺イチエ そんな話じゃない！

車椅子から転がされる阿倍。
転がされた状態で再びフリーズ。

阿倍 でも、この諍《いさか》いにいつかノーサイドの笛は鳴る。鳴って僕らは優しく……抱きあう。

再び、動き始める。
阿倍、苺イチエ、オーナー、お床山の四人。

苺イチエ 今後一生、私はお前と諍い続けてやる。決して決してノーサイドの笛が吹かれることはない。

阿倍　じゃあどうして僕にプロポーズした？　あんな大勢の前で。

苺イチエ　嵌められたんだよ。

阿倍　でも、結婚式の間も、ずっとにこやかだった、歌まで熱唱して。

苺イチエ　何百台ものカメラの前だったからよ。

お床山　じゃあいつも、千台のカメラの前で暮らしている。そう思えばうまくいくよ。

苺イチエ　カマは黙ってな。

オーナー　苺！……『売れるためには魂までも売る』といったのはお前だよ。

苺イチエ　だからって、私まで嵌めることはないでしょ、あの席には粒来さんが座っているはずだったでしょ。

オーナー　気が変わったの。苺と結ばれるべきは、もう粒来じゃない。阿倍だ。1964年、この戦後の青い空と結ばれるのは、下を向いて耐える粒来じゃない、上を向いて歩く阿倍だって。

苺イチエ　結婚は、道具じゃないよ。

オーナー　愚にもつかない道具だよ。

苺イチエ　あなたの子供の人生も道具？

オーナー　そうね、子供だって鎹《かすがい》という道具だからね、使えるものはみな道具。

苺イチエ　そうゆうママが大嫌いなの！

間。

オーナー　人前では、オーナーって呼びな。
苺イチエ　……。
阿倍　あの……今、ママって言いましたよね。
苺イチエ　誰が？
阿倍　苺さんが。
苺イチエ　言った？
阿倍　あの、オーナーは苺さんのお母さまなんですか？
苺イチエ　……そうよ。あなたはオーナーの娘婿よ。もう一生安泰なんじゃないの。
オーナー　苺、お前もね、あたしとおじい様のお蔭でね。
苺イチエ　粒来さんはオーナーの娘婿なんかになりたくなかったのよ。それで私から離れていったの。
オーナー　そう思いたいのよね。オーナーの娘だから嫌われたって。
苺イチエ　粒来さんはそういう人なの。
オーナー　そう思いたいのよね。
お床山　苺！　一度もそんな話してくれなかったじゃない。
苺イチエ　いやなのよ、親の七光りって思われるの。
お床山　でも、苺ジャムの頃、レコード全部買ってもらって、今思えば、ピッカピカに七光ってるよ。

苺イチエ　あれはあれ、今は今。
阿倍　僕はどちらでもいいよ。七光っている苺も、七光っていない苺も。
オーナー　スターは、その時代と寝るのが仕事なんだ。誰が旦那か？　なんて大したことじゃない。これからは大衆と寝るのよ。
苺イチエ　このスターとそこのスターを使って、ママは今度は何を手に入れたいの？　何のオーナーになりたいの？
オーナー　東京オリンピックよ。監督！

苺イチエ去る。追って、阿倍も去る。代わって、監督が入ってくる。

消田監督　なんですか、オーナー。
オーナー　呼んでないよ。
消田監督　え？　でも今。
お床山　あ、その監督、僕だわ。
消田監督　え？　このカマを、エッグの次期監督に？
オーナー　（さえぎる）はやとっちらからない！
消田監督　え？
オーナー　これから撮ってもらう宣伝フィルムの監督にしたの。
消田監督　宣伝フィルム？

オーナー　ちょっとした記録映画よ。エッグを東京オリンピックの正式種目にするための大宣伝に打って出たいの。
お床山　なんせ、柔道もこの東京オリンピックを機に、正式種目になろうとしていますから。
消田監督　でも下馬評はもっぱら柔道でしょ。
オーナー　わかってるわ。
消田監督　柔道着姿の男に比べて、看護婦姿の男はあまりにも、人の心を打たない……。
オーナー　そのダメージを覆しなお、誰もがエッグに壮大なロマンを抱き、あわよくば柔道が大嫌いになる宣伝フィルム。
消田監督　（お床山に）そんな難しい脚本をお前が。
お床山　無理〜。
オーナー　それで脚本だけは、若い子にお願いしたの。
お床山　１９３５年生まれの。
消田監督　若いなあ。
お床山　今、三十歳ちょい前の寺山……。
オーナー　寺山修司君。元々は歌をよんだり詩を書いてる。でもいい脚本も書くの。
お床山　これが、その脚本、『エッグ』です。
オーナー　この大宣伝と私のお父さまの力で、絶対に行くからね。東京オリンピック。
消田監督　（脚本に目を通し）へえ、はじめは、劇場案内係が現れるんだ？　修学旅行生と……あれ？　どこかで聞いたことがある、この話。

大きなスタジアムの観客席に変わる。

劇場案内係　というわけで、四年の歳月をかけて、みなさんをここまで案内してきました。やっと、このエッグの観客席まで。そしていよいよ、東京オリンピック出場のかかったエッグの大事な試合をお見せしようと思ったんですが、まだオリンピックの正式種目にも決まっていない状態なので、まずは私事を話してお茶を濁すのでいいかしら……あたし、いよいよ、オーストラリアに移住をすることになりました……愛人と。彼、コンドミニアムを買ってくれて、いやだ、嬉しさのあまり、こんな話までしちゃって、というわけで、皆さんも嫁ぐのよ〜、嫁ぐのよ〜、東北で暮らしてたって食えねえんだから、それで今流行の集団就職してきたんだから、このグラウンドにいい男を見つけようと思えば見つけられるのよ、え？　だとしたら、お目当ては一人？　そうね、東北が生んだエッグ界のスーパースター、その名も、……。

女学生ら　あべべ〜！

お床山監督　カット！

お床山が出て来る。

劇場案内係　ごめんなさい、この子たち素人なんで……。

お床山監督　いや、あんただよ。

劇場案内係　あたし？

お床山監督　私生活の話は全くいらない。これは宣伝映画だから。

劇場案内係　ああ、はい。

お床山監督　いかにエッグが人助けのために始まったスポーツか、それを撮りたいだけ。その導入に過ぎないんだから。

劇場案内係　んもう、嫉妬？

お床山監督　誰に？……じゃあもう一度行くよ、かちんこだして。

助監督　はい。

お床山監督　ちんこじゃねえよ、かちんこだよ。

助監督　（かちんこ出して）テイク17。

お床山監督　17かよ……用意、スタート！

助監督　（かちんこ鳴らす）

映画のフィルムが回る音。
記録映画のナレイションの声で。

ナレイション　今日も、人気スポーツエッグのスタジアムには、来年春の集団就職を前に、はるばる東北からやって来た修学旅行生の姿もちらほらと……。

女学生ら　（黄色い歓声で）あべべ〜！

ナレイションは小さくなっていく。
その間に、苺イチエが、変装してスタジアムの観客席に入ってくる。
ベンチに粒来ら選手が入ってくる。

女学生1　あべべ〜、結婚してなかったらな〜。
女学生3　え？　結婚していなかったらなに。
女学生1　あたしが結婚するんだけど。
女学生3　なんでお前なの？
劇場案内係　でも、あんたたちは花嫁になるため、誰かに嫁ぐためにここに来たのよ。
女学生2　え、聞いてない。
劇場案内係　じゃ、今、聞いた。
女学生3　でも苺とあべべ〜みたいな大恋愛は無理だよね〜。
女学生1　大恋愛って、あれ、半分、苺の詐欺だよ。
苺イチエ　聞き捨てならねえ。
劇場案内係　おばちゃんにその話詳しく話して。
女学生1　苺の方から、ライブに呼び出して。
女学生2　大観衆の前であべべ〜が断れないようにしてさ。
女学生3　苺、いやな感じ。

女学生1　あたしもほんとは苺嫌い。
女学生3　楽屋とかで机に足あげてそうじゃない？
女学生2　苺が引退して四年か。
女学生3　復帰の噂あるよ。
女学生1　四年歌ってないのに、話題にだけは事欠かないね、あの女。
女学生2　そうそう、昔、苺は粒来の彼女だったらしいよ。
女学生3　じゃあ粒来、なにもかもあべべ〜に取られちゃったんだ。
女学生1　あたしたちの声援まで。
一同　粒来、もう終わりだね〜。

お床山、こっそりと苺イチエの横に座る。そして、何か紙切れを渡す。

お床山　ほんと、今日だけだよ。
苺イチエ　ありがとう。
お床山　撮影する上で、どうしても先発メンバーを知りたいって、監督を騙したんだからね。
苺イチエ　わかってるよ。
お床山　ばれたら、あたしが！　殺されるからね。
苺イチエ　お願い、この大事な試合にどうかどうか……（先発メンバー表を見る）あった！　粒来さんの名前、センターエッグ。……サプライズだわ。

お床山　え？　粒来が先発？　何年ぶり？
苺イチエ　ありがとう、パパ。
お床山　え？　何て言った？
苺イチエ　え？　あたし監督って言ったよ。
お床山　え？　監督？　パパが監督？　監督は苺のパパなの。じゃ何？　オーナーと監督は夫婦。
苺イチエ　し！　その秘密を口外したらオーナーに殺されるよ。ママの生涯唯一の汚点だから。
お床山　辛いな、監督。
苺イチエ　でもよかった。粒来さんが先発で……あたし犯罪者にならずに済んだ。
お床山　え？　え？　何？　今度は犯罪者って。
苺イチエ　え？　あたし何か言った。
お床山　先発メンバーに粒来さんの名前が無かったら何するつもりだったの？　爆破？　スタジアム爆破？
苺イチエ　……中国チームに教えてあげようと思って、阿倍から小耳にはさんだ作戦をすべて……。
お床山　なんで？
苺イチエ　だって阿倍で今日勝ったらあいつ日本チームをオリンピックに導いた英雄だよ、悔しいじゃない。
お床山　あんたの旦那だよ。
苺イチエ　だからやってないでしょう、まだ。

お床山　見つかったら半殺しだよ、ファンから、日本中から。

「ニッポン！」「ニッポン！」の大歓声が、スタジアムの観客席でおこる。
巨大な日本国旗が、スタジアムの観客席を覆い尽す。
その間、観客席へ女学生・〇田フミヨが走りこんで来る。
粒来、平川、選手らがフミヨを追い、やがて捕まえる。
大歓声の中、観客席から選手控室に変わる。

平川　やっと捕まえたぞ。
粒来　こいつ、いつもどこにいるんだ。
平川　選手控室の梁の上です。
葉隠コーチ　口を割らせましょうか。
平川　三つ編みにこんなもの結いこんでました。
粒来　これはエッグの割り方だ。
フミヨ　メモをしていただけよ。
粒来　メモなんかするな！　エッグは見るだけのスポーツだ、記録なんかするな。
平川　おいなんだ、背中のそれは？
フミヨ　望遠鏡よ。
粒来　何を見た。

フミヨ　何も?
粒来　覗いた望遠鏡の中に、何もってことはないだろう。
フミヨ　でも、逆さにして見ていたんだもの。
平川　逆さだ?　何のために。
フミヨ　遠い景色が小さくなるから。過去が遠くなるから。
平川　何言ってるんだ?　お前は。
粒来　お前何を見ようとした。言え!
平川　お前、中国チームのスパイだな。
粒来　連れていけ別室に。

選手ら、フミヨを連れて去る。
その一部始終を偶然見ていた苺イチエとお床山。

苺イチエ　今の……粒来さんだったよね。
お床山　そうよ。苺、あんたも見つかっていたら、今頃ひどい目にあっていたよ。
苺イチエ　でもあの子、ちょっとメモをしていただけでしょ。
お床山　エッグは一切の記録を残してはいけないスポーツなの。
苺イチエ　なんで?
お床山　始まりがそうなの。

苺イチエ　どんな始まり？
お床山　だから、その記録映画をつくっているんじゃない。
苺イチエ　記録には残っていないものを、どうやって記録映画にできるの？
お床山　そこよ。そこで脚本担当の寺山修司君が悩んでいるわけよ。
苺イチエ　あ、誰か来た。

ニッポン、ニッポン、ニッポンの大歓声、再び。

大歓声に手を振りながら入ってくる阿倍。

つづいて、粒来も。

控室のラジオからは、懐メロ番組で苺イチエの曲が流れている。聞きながら陽気に準備体操をしている阿倍。

粒来　……おまえ、何県の出身だ？
阿倍　出身？
粒来　故郷だ。
阿倍　何故ですか。
粒来　こんな大事な試合の前に、その能天気さはどこからくるのかと思ってな。
阿倍　じゃあ『死の国』みたいなことでいいですか？
粒来　は？

阿倍　何のために、人は故郷が必要なんですか？　懐かしがるためですか？
粒来　お前、変わらないな。
阿倍　愛してくれない妻と四年暮らしつづけても、俺、変わってないですか？
粒来　え？

流れているラジオで、ＤＪが苺イチエの曲を紹介する。

ＤＪ　では、次の曲は、四年前に大ヒットした苺イチエの『ミクロの別れ』。俺、覚えてるな〜、この曲、あの時もちょうどオリンピックで、俺つきあっていた彼女と……。
阿倍　粒来さんは、苺がオーナーの娘だったからあいつと結婚をしなかったんですか？
粒来　え？　どういう意味だ？
阿倍　え？　どういう意味だってどういう意味ですか？
粒来　苺がなんだって？
阿倍　あの……俺の妻は……苺イチエはオーナーの娘です。
粒来　そんなはずはない、バカ言うな。
阿倍　バカ言うな？
粒来　だって俺は、あの頃、オーナーに直接、『うちの娘を嫁にどう？』って言われ続けて、『喜んで！』と答えていた。
阿倍　そのオーナーの娘さんとは会ったんですか？

粒来　結局、会わずじまいだ。
阿倍　その会わずじまいの娘が苺ですよ。
粒来　え？　なんだ？　どういうことだ、オーナー。
阿倍　気が変わったんですよ。
粒来　そうとわかっていたら……。
阿倍　はなから苺と……ですか？
粒来　いや。
阿倍　粒来さんは、結局、策に溺れてしまう策士ですよね。
粒来　……そうだ。気をつけろ。いつお前の寝首をかくかわからない。
阿倍　粒来さんが、苺をふって『オーナーの娘』と結婚をしたかったんだってことは、苺には黙っておきます。俺には関係のないことですから。

消田監督と選手たちが入ってくる。

消田監督　東京オリンピックへの雌雄を決するこの一戦。本日の先発、サプライズメンバーを発表する。フライパン、ヒライズミ。蓋、テンドウ兄。中蓋、テンドウ弟。シャーレ、ワカマツ。フラスコ、タザワただし今日はブラックペッパー。そして、アシスタントエッグは平川。最後に、センターエッグ……阿倍。
苺イチエ　（隠れていたロッカーから顔を出して）うそだ〜！

お床山　え？　え？　え？（またロッカーの扉をしめて隠れる）

葉隠コーチ　試合まで一時間。ウォームアップだ。

ワカマツ　粒来さん、すいません、これお願いします。

テンドウ兄　あ、粒来さん、ついでにこれも。

正選手が、水やら着替えを粒来ら控えの選手に渡しながらフィールドへ出て行く。粒来と阿倍だけがのこる。

阿倍　じゃあ、俺もこれに水を入れといてもらえますか。

粒来　何をにこにこしている。

阿倍　昨日、友達が死んだんで。

粒来　……ごめん。それでにこにこか。

阿倍　知り合いが死んだ翌日はいつも勝ってるんで。四年前もそれで勝ちましたから。

粒来　それでってなんだ。

阿倍　あの時も、前の日に母親が死んで。

粒来　え？　母親？

阿倍　粒来さんも死ぬ時は、ぜひ大事な試合の前の日にお願いします。

粒来　役立たなくなったら、せめて役立つように死ねってことか。

阿倍　あ、それ良い考え方かも（にこにこしている）。

粒来　なんでにこにこしてる。

阿倍　あれ？　今、言いませんでした？　昨日、友達が死んだんですよ。

阿倍にとびかかる粒来。

ロッカー内から苺イチエが飛び出て来る。

車椅子の上の阿倍、そのそばに苺イチエ。

粒来はフリーズ。

阿倍　『死の国』から来た。それは粒来さんの口癖だ。誰かが死んでにこにこしていたのは僕じゃない。粒来さんだ。なんで俺の話になっている。

苺イチエ　あなたが『エッグ』の聖人だからよ。永久欠番『7』を受け継いだからよ。

阿倍　誰かの手で書き換えられている。背番号『7』と一緒に、俺に何を背負わせるつもりだ？

……教えてくれないか、苺。

苺イチエ　え？

阿倍　それをやってのけられたのは、僕のそばにいた君以外いない。

苺イチエ　そう思われていたのね、悲しいな。

阿倍　このままでは、無念すぎて目を瞑ることもできない。

遠く汽笛の音。

車椅子なくなり、元の時間に戻る。

阿倍　あれ？……苺、またロッカーの中にいたのか？
粒来　またってなんだ？
苺イチエ　だってあたしはロッカーだから……ベタだけど。
阿倍　で、何の用だ？
苺イチエ　あんたじゃない。監督！

消田監督、数名の選手が再び入ってくる。

消田監督　さすが大事な試合前、ピリピリしたムードが漂っているな。
苺イチエ　間違っています、あの先発メンバー。
消田監督　おい、いくら、監督のムス……（人目を気にして）結び目を直してくれたからって、選手起用にまで口を出していいのかな。
苺イチエ　でも違うでしょう。最初考えていたのと。
消田監督　わかったか。
苺イチエ　もちろん。
消田監督　さすが親子……どんぶりが好きな人間の勘は鋭い。……実は今日はまず、敵を欺くには自分を欺いてみようと思ってね、まったくありえないメンバーを考えてみた。

苺イチエ　え？
消田監督　でもさすがにそれはありえなかった。それを控え室のテーブルの上に置いておいた。
阿倍　その先発メンバー表、見事になくなってます。
消田監督　水と一緒にな。
阿倍　え？
消田監督　試合前に控室のテーブルの上に置かれているものそれはすべて罠だ。今頃、入手した敵はその情報に翻弄されている。

苺イチエ去る。代わって入ってくる審判団。

消田監督　（紙を渡して）あ、これが本当の先発メンバーです。
審判　水を中国チームの控室においた覚えはないですか？
消田監督　え？　何、それ。
審判　中国側の控室のテーブルの上に置かれていた水を飲んで、中毒症状の選手が出たので……。
粒来　そんな卑劣な真似を我々日本男児がするわけがないでしょう。
審判　では、ここにある水の調査をしてもいいですか？
消田監督　だったら平川、この水を飲んでみせろ。
平川　え？　今日は飲んでいいんですか？
消田監督　飲んで倒れこめ。そして、中国チームがこの水に何かを注入したと言え。

平川　それ、卑劣じゃないですか。
審判団　卑劣？
消田監督　情報戦はすべて卑劣だ。中国チームの中毒症状だって芝居に決まっている。
粒来　そうだ乗るな、この噂は敵の挑発だ。いつもあの廊下からやってくる噂に乗っかって、ひどい目にあってきた。また暴力事件になって、またオリンピック出場が泡と消える。しかも今日はまだ試合が始まる前だ。俺たちは学習した。敵の流す噂には乗るな。噂を流すのは俺たちだ。
阿倍　相変わらず、グラウンドの外では粒来さんの策略は輝いてますね。
粒来　え？
消田監督　お前～。
葉隠コーチ　闘いまで三十分、ウォームアップ！
阿倍　闘う場所はここじゃない、あっちだ。

選手たち、フィールドへ。
粒来だけが、一人残る。
そこへまた靴を探しに戻ってくる阿倍。

阿倍　やばいやばいやばいやばい、俺の靴、俺の靴。
粒来　履いてるだろう。

阿倍　いつもと形が違うんだ。右足がいつの間にか左足になったみたいなんです。
粒来　それは靴の右左を逆に履いてるんだ。
阿倍　え？　靴にも、右とか左とかあるんですか……足みたいに。

平川が、葉隠コーチらに運び込まれる。
消田監督らも戻ってくる。

平川　いてえ、いてえ、いてえ。
消田監督　なんだなんだ？　まだ試合前だぞ、四年前の怪我だって、試合開始三分はたってたぞ。
平川　いえ、腹が、腹が。
消田監督　怪我じゃないのか？
平川　腹がいてえ〜。
葉隠コーチ　きっとこいつまた、水をこっそりと飲んだんです、（テーブルを指して）そこの。
消田監督　ああ、そういうことか……。
平川　そこの水は飲んでません。
阿倍　じゃあどこの水を。
平川　中国チームの控室にあった水をです。
阿倍　そこまでして、試合前に水を飲みたかったんですか。
平川　おいしそうだったんだ、その水がまた、いてえ〜。

消田監督　ちょっと待て、本当に、その痛みはわざとじゃないのか？
平川　本気です。病気です。水が怖い。恐水病です。
消田監督　でかしたぞ平川。よくぞ中国チームの水を飲んで中毒になった。
阿倍　でも中国チームが変なものを入れたのか、確証はありませんよ。
消田監督　嘘か真はどうでもいい。中国の水が、日本選手を中毒症状にさせた。この噂が真実になれば有利に運ぶ。それが情報戦だ。
テンドウ兄　監督、俺も少し腹が……。
消田監督　お前も飲んだのか。
テンドウ兄　平川さんに、兄弟の水杯と言われて。
消田監督　幸先のいい中毒症状だ。

間。
悶絶する平川。

阿倍　ここから消えた水、おかしいと思いませんか？
消田監督　おかしい？
阿倍　その水が、中国の控え室に行って、それを飲んで、平川は……。
粒来　ここで、誰かが何かを入れたんですよ。
消田監督　何かって？

粒来　この後の平川の様子を見ればわかりますよ。
平川　え？　え？　え？
消田監督　誰がそんな真似を。
阿倍　でも今日、平川さんに水を飲ませようとしたのは監督です。
消田監督　え？　俺？　俺が何か入れるわけないだろう。
阿倍　ここを出入りできる人間は限られています。
消田監督　あ！　あいつだ。
阿倍　誰？
消田監督　俺から今日の先発情報を頼りと聞きたがった奴がいる。

お床山、飛び込んでくる。

お床山　違います。違います。わたしはただ頼まれたんです、頼まれただけ、頼まれたの。
消田監督　誰に？
お床山　苺です。
阿倍　え？
消田監督　え？

間。

阿倍　あいつがこの水に何かを？　何のために？
お床山　多分、中国チームを勝たせるためです。
阿倍　いくらなんでも、僕の妻ですよ。日本チームを売りますか？
粒来　そういえば、彼女はいつも試合前にうろうろしているな、用もないのに。
お床山　あ、ロッカーの中で歌ったりしてました。
平川　だってロッカーだから……とか言いながら。
阿倍　本当に？　その水の中に何かを入れたのか？　苺が？　俺の妻が？　多分、俺を……愛していない……妻が？
消田監督　もうそのくらいでやめておけ。この噂がまことしやかになっていったら、苺イチエばかりでなく、情報を漏らし続けた阿倍こそ問題になる。
阿倍　そういうことか。
粒来　え？
阿倍　それで俺をチームから追放ですか。苺と一緒に。レギュラーと苺を取られた妬みですか、粒来さん。
粒来　俺はそんな男じゃない。日本チームのことを考えているだけだ。俺は日本のために闘っている。
阿倍　ベンチで？

いよいよ試合が始まりそうな大歓声。
審判が入ってくる。

審判　試合開始五分前！
消田監督　先発メンバーの変更を、平川に代わって。
控え選手、粒来、オオイシ、トオノ、アキタ、立ち上がる。
消田監督　アキタ。
アキタ　はい！
消田監督　ついでだもう一人、テンドウ兄に代えて……。
粒来とオオイシとトオノ、立ち上がる。
消田監督　トオノ！
トオノ　はい。
粒来とオオイシ、ベンチに残る。
オオイシ、亡霊のように去る。

アキタ　おい、ウォームアップに五分しかないぞ。

消田監督と粒来だけが残る。平川は控室遠くにいて、二人の会話は聞こえない。

消田監督　すまん、粒来。

粒来　え？

消田監督　またチームがいつかお前の策を必要とする時が来る。だから……死ぬな！

粒来　何ですか、急に。

消田監督　粒来幸吉、なんか君の名前は死んでしまいそうな名前なんだそうだ……。

粒来　だそうだって、どういうことですか。

消田監督　いや実は、オーナーからの伝言で、これ、冗談だとは思うよ。でも、君に死んで欲しいらしいんだ。

粒来　え？

消田監督　君が死ねば、さらに士気があがる。日本人が最も好きな話じゃないか。

粒来　ふざけないでください、監督。

消田監督　ふざけているんだと思うよ。オーナーも。だから真に受けなくていい。ただ、一応、一応伝えたからね、粒来幸吉、死ぬなと。

消田監督がスタジアムへ。
大歓声。
そして、試合前の国歌斉唱が聞こえてくる。
また慌てふためいて、阿倍戻ってくる。

阿倍 （話に割り込んで）やばい、やばいやばい。
粒来 また靴か。
阿倍 靴ひもです。知ってました？　靴ひもって、この穴に通すんですよ。穴に。
粒来 いままでどこに通してたんだ。
阿倍 どこに通していたんだろう。
平川 なんで、粒来さんは大学の医学部まで出て、医者をやらずにこのスポーツを選んだんですか？
粒来 いや、医者を目指していたからこの『エッグ』に出会った……（グラウンドを見ながら）わかるか、あのエッグの仕草のもともとの意味。
平川 わかりません。
粒来 ワクチンづくりだ。お前のような戦場で水を飲んで疫病に罹った兵士のために、このエッグというスポーツはできたんだ。
平川 え？　これ疫病ですか。
粒来 戦場だったらな。だから、軍医たちが、前線の兵士のためにワクチンをつくった。それが、エッグの始まりだ。

阿倍　（靴ひもを通しながら）ベンチであぁだこうだ言いたいだけなら、戦場のはるか後方で、監督か評論家になって好きなことを言ってりゃいい。前線で戦うのはいつも僕らだ……何で粒来さんはあのフィールドに執着しているんですか？

粒来　現役の、あの姿にだけ男の姿があるからだ……。

阿倍　あの……笑ってもいいですか？

粒来　戦争とスポーツだけが、男が男である最後の砦だ。

阿倍　だとしたら、『エッグ』はだめでしょ。この姿ですよ。始まりからして女のスポーツだから。俺たちは、白衣の天使と呼ばれていたんだから。戦場のナイチンゲールだったんだから。

平川　腹がいてえよ～！……でも、粒来さんたちが助けてくれるんですよね、そのワクチンで。

粒来　そうだ、エッグは人助けのために始まったんだ。

グラウンドから声　阿倍、早く戦場にもどって来い！　闘いが始まるぞ！

阿倍、グラウンドに出る。

さらなる大歓声。

宣伝フィルム『エッグ紀元節』が始まる。

ナレイション　１９３０年代、旧帝大の医学部の学生の間で始まったエリートたちのスポーツ

『エッグ』。元々は、旧帝大の医学生のワクチンの製造過程の姿から、その、スポーツは生まれました。始まりは「いかに卵の殻を割らずに卵黄と卵白とを分けることができるか？」という単純なものでした。その作業は本来、「白衣の天使たち」の仕事だったとも言われています。その名残で、男性も看護婦に似た姿でこのスポーツを行うのです。やがて、貧しい農家の三男坊のエッガーが、農作業から獲得した天才的な戦術を生み出しました。それは、卵の殻を針一本で割り、ピペットで吸い出す方法です。その高度な技術が、『エッグ』の戦術を高めることに著しく貢献しました。同時に殻を割らずに卵に穴をあけるというこの技術は、戦前の物資不足の折に、パンチカードの代わりともなりました。卵のどの部分に穴をあけるかで瞬時に情報を処理する。これは、ナチスが開発したパンチカードに匹敵するほどの、きわめて高度な情報処理能力でありました。だから、『エッグ』というスポーツは、かたやワクチンを生み出し、同時にコンピューターがするような人間を選別する情報能力をも生み出しました。『エッグ』は、医学と情報処理学を発展させ、社会にかくも貢献した唯一無二のスポーツです。『エッグ』を……東京オリンピックに……。

明るくなると、そこは『エッグ』東京五輪出場決定祝賀会。
大勢の人の前でオーナーがスピーチをしている。

オーナー　本日、この記録映画のお蔭で、来たるべき東京オリンピックの正式種目に決まりました。そして同じ日に、阿倍比羅夫選手の大活躍で、オリンピック出場が決定しました。この二重の喜びを五輪の喜びに代えましょう。次は金メダルよ！

シャンパンがポンポン開く。

オーナー、消田監督がお床山と握手しあっている。

オーナー よく撮ったわ。いい出来栄えよ。

お床山 ありがとうございます。

オーナー あなたを、今日付けでエッグの広報部長にします。

お床山 広報部長？

オーナー ただの振付師よりも、大衆を踊らせた方が面白い、ただの映画監督よりも、大衆を右往左往させた方が面白いわよ。

お床山 でも寺山君の脚本も割とよかったですよ。

オーナー あれ？ 寺山君は姿を見せないの？

お床山 ちょっと、気に入らないらしいんです。あの例の、あの部分が。

オーナー ああ、カットしたところ？

消田監督 なんにしても、宣伝効果は抜群でした。

オーナー では、広報部長、お願いよ。

お床山 はい。

お床山、グラスをちんちんさせて。

お床山　そして、もう一つ嬉しいお知らせです。このエッグ界のスーパースター、あべべ〜の活躍を心から喜んでいる奥様、苺イチエさんが、このオリンピック出場を記念して四年ぶりに復帰することになりました、今日ここで。

会場から歓声が上がる。

お床山　四年間、エッグのオリンピック出場を我々が待望していたように、この人の復活を待望していました。歌っていただきましょう、君とだったら何度でも会いたい、だのに名前は、イチゴ〜イチエ〜！

扉が開いてそこに立っているのは、近代公平。

お床山　あれ？
近代公平　ご無沙汰してます。近代公平です。
消田監督　うわっ、お前なんでいるんだ。
近代公平　いえ、お祝いに駆けつけました。
消田監督　祝うだけにしろ、呟くな。

近代公平　はい。ただ、折角、正式種目にもなっていたし、オリンピック出場も決まっていただけにねえ……（つぶやく）。

一同　え〜！

消田監督　なんだ、その『出場が決まっていただけにねえ』って、

近代公平　さらに猫背の青森訛りの強い男の呟きは続きました。

消田監督　なんて？

近代公平　『まさか、東京オリンピックそのものが中止になるなんて』

柔道選手たち　たあ〜。

柔道選手1　それは、柔道も出場できないということですか。

近代公平　もちろん、東京オリンピックそのものが中止ですから。

柔道選手2　自分に。

阿倍　おかしくないですか、こんな話。

粒来　まただ、またオリンピックに出られないのか？

平川　（近代公平に）お前、なんか隠してないか。

近代公平　いえ、なんにも。

平川　いや、顔が隠してる、おい、お前、ちょっとその隠した顔を貸せ！

粒来　やめろ、平川。また四年前と同じになる。

消田監督を残し、選手たち、近代公平を追って去る。

大きな新聞記事が投影される。
その見出しは、『東京オリンピック中止』。
そこへ、近代公平が芸術監督の姿になって戻って来る。

芸術監督　すいませんでした、またまた作品を読み違えていました。
消田監督　いくら寺山修司の意図とはいえ、実際に行われた東京オリンピックを中止することはできないからね。
芸術監督　でも中止されたんです。
消田監督　しかし、東京オリンピックは開催されている。１９６４年。
芸術監督　それじゃないんです。
消田監督　じゃ、何？　２０２０年の話？　２０２０年の東京オリンピックを中止させるつもりか？
芸術監督　いえ、これ１９４０年の話だったんです、これ。
消田監督　１９４０年？
芸術監督　その年にも東京でオリンピックが開かれるはずだったんです。寺山修司のいう東京オリンピックは戦後の青い空の下のあれではなく、戦前の鈍色《にびいろ》の空の下のそっちだったんです。
消田監督　じゃあ、そっちでいい。
芸術監督　だからそっちは中止になりました、この国のことが原因で。
消田監督　この国？

芸術監督　ええ、この『エッグ』発祥の土地……満州国です。
消田監督　満州国？
芸術監督　日本国の愛人。しかもいつでもポイ捨ての出来るお手軽な愛人。
消田監督　ちょっと待って。じゃあ、私たち登場人物は今まで。
芸術監督　はい。
消田監督　みな、日本にいたわけではないのか。
芸術監督　はい。
消田監督　満州から、東京五輪を夢見ていたのか。
芸術監督　はい。故郷で行われるオリンピックを。その東京五輪が中止となりました……アンラッキー！
消田監督　え？　おい、アンラッキー！ってなんだ、逃げるな、そこで待っている選手たちに、何と説明すればいいいんだ……。

芸術監督去る。
消田監督、選手たちに説明をする。

選手一同　監督！　説明を！
消田監督　え〜、ではこれから、残念会の方に切り替えます。みなさん、長春大通りの協和会館の方に移動願えますか。

粒来　残念じゃすまない。
阿倍　はい残念じゃすみません、無念です。
粒来　無念じゃ済まない。
平川　次のオリンピックまでまた四年ですよ。
粒来　こんな服まで着せられてまた四年だぞ。また四年、待つ。気が狂いそうだ。
阿倍　でも、でも、でも僕は待ちます。あと四年。
粒来　俺にはもう時間がない。
阿倍　もはや粒来さんにその荷が重ければ、僕が「にほん」という字の「荷《に》」くらい背負ってあげますよ。
粒来　うぬぼれるな、お前なんかが日本なんて立派なものを背負ってはいない。お前が背負っているのは田舎のあぜ道の、面倒くさい田舎の商店街の、出たばかりの田舎の高校中の期待だ。だが俺は、『絶対に失敗をしてはいけない』ところからやって来たんだ。
阿倍　逆ですよ。
粒来　逆？
阿倍　いつかわかる。粒来さんのような人には、結局、帰るところがある。でも僕らは、ここにしがみつけ、そう言われ送り出されてきた。帰ったところで居場所はない。だから何年でも、ここで待ちます。
粒来　この満州でか？
阿倍　はい。

粒来　お前には、また四年間が一瞬かもしれないが、俺には永遠だ。

手紙をひとつ、ぽんとおいて粒来去る。

お床山　なんですかそれ。
消田監督　（手紙を見る）粒来の遺書だ。
阿倍　遺書？

苺イチエが、そこにいる。

苺イチエ　どうしたら、こんなにも人が突然に死ねるの？　教えてください、オーナー。
オーナー　粒来の遺書に聞いて、遺書があるから。
苺イチエ　遺書しかないのね。

苺イチエ、歌い始める。
『喪失』
同時に、その四年後、１９４４年、満州の某所に変わっていく。
苺イチエの兵士慰問リサイタルが行われている。
そのスタジアムの観客席に現われる劇場案内係と女学生たち。

劇場案内係　みなさーん……あはは～ん、うふふ～ん、やっぱり私の恋の行方が一番気になる～？　あの人ったら『もう一年待って、いやあと二年、いやあと四年』というわけであれから大人の恋、八年の歳月が過ぎました。けれども、その八年の歳月をかけて、やっとやっと皆さんを、ここ、エッグ発祥の地まで連れてくることが出来ました。
女学生・△田　へえ～、エッグってこの中庭で始まったんだ。
女学生・□田　フィールド、小さいのね。
女学生・×田　ロシア人墓地の方が面白かったね。
女学生・△田　でも、エッグ、今さらって感じだわ。
劇場案内係　え？　え？　何が今さら？
女学生・□田　だって、もう『エッグ』終わってるよ。
女学生・×田　今じゃ、そんなスポーツあったっけ？　てな感じだもん。
劇場案内係　まあいいわ、あんたたちも今日は遠足にきたわけじゃない、集団就職だもの……しかもあたしと一緒、永久集団就職だもの。
女学生・△田　永久集団就職？
劇場案内係　この開拓団の兵士さんのところへ嫁ぎます。そして満州に骨をうずめます。そんな覚悟でやってきました。
女学生・□田　え～、聞いてない、その覚悟。
劇場案内係　じゃあ今、聞いた、その覚悟。

中庭から大歓声が聞こえる。
苺イチエ、慰問リサイタルすでに始まっている。

女学生・×田　中庭が騒々しいね。
劇場案内係　この建物の周りを兵隊さんが七周半も行列している。
女学生・×田　何で？
劇場案内係　今日は、その中庭で苺イチエの慰問リサイタルがあるから。
女学生・△田　うそ、苺イチエって、あの苺イチエ？
女学生・□田　満州じゃ今、李香蘭より人気があるって。
女学生・×田　見て、見て、今、手を振ったの、あれ苺だよ。
女学生ら　きゃ〜。
劇場案内係　けれど、ここにもほら、かつての『エッグ』のスーパースター、あべべ〜が。

女学生、ちらっとだけ作業中の阿倍を見る。間。無反応。そして振り返り。

女学生ら　苺〜苺〜。

中庭へ走っていく女学生。

劇場案内係 あ、待ちなさい、皆、この満州で歴史の迷子になるわよ。

追って去る劇場案内係。
それでも中庭から大変な熱狂がまだうっすらと聞こえる。
それを聞きながら、阿倍と平川が、『エッグ』と呼ばれる作業をしている。

阿倍 この満州国が誕生した日にも、ああした熱狂が日本から送られたんですよね。
平川 その熱狂が後押ししてくれて、俺も開拓団でやってきた。
阿倍 え？ 平川さんも開拓団で来たんですか？
平川 知らなかったのか。
阿倍 てっきり、粒来さんと同じ帝大の医学部を出たんだと。
平川 お前と同じだ。
阿倍 貧しい農家の三男坊？
平川 六男坊だ。
阿倍 高校を出て満州に来れば医学の勉強もさせてもらえるって言われた？
平川 そうだ。
阿倍 それで来る日も来る日も卵の卵黄と卵白を分けて。
平川 ああ、ワクチンづくりに精出して、休憩時間その中庭で、ふっと誰かが投げた卵を、キャッチして投げかえす。ただそれだけだった。

阿倍　それがエッグの始まりですか。

平川　休憩時間に休憩できない、貧乏性なんだな、俺らみたいのは。

阿倍　ワクチンづくりとエッグというスポーツ、どちらが先に始まったんですかね？

平川　それこそ鶏と卵だ。考えても仕方がない。

外の熱狂が静まっている。

間。

阿倍　でも、満州へのあの熱狂が静かになりました。

平川　え？　何？

阿倍　この戦争、日本は勝てるんでしょうか？

平川　え？

阿倍、窓を再び開ける。中庭から、苺イチエの慰問リサイタルでの話が聞こえてくる。

苺イチエの声　苺イチエです。八年前、大好きな人を追ってこの満州に来た。歌手になれば、その人に会える、その一心で……そして今日私は、その人がいた中庭で歌う……けれどもうその人の耳に私の声は届かない……。

兵士の野次の声　じゃあ俺と結婚して～。

兵士の笑い声、冷やかす声。

苺イチエの声　ごめん、結婚だけはしているんだあ。
兵士の野次の声　（しらばっくれて）ええ？　誰と～？

兵士の嘲笑、渦巻く。

兵士の野次の声　ほら、あれだよ、今はだめになっちゃった、エッグとかゆうスポーツの、だめになっちゃった奴、なんだっけ。
兵士の野次の声　あ～べべ～！

兵士ら大笑い。
平川、窓を閉める。

平川　気にするな。
阿倍　……。

平川　きみの奥さん、お前となんで一緒になったんだ。
阿倍　決まっています。愛しているからです。
平川　おまえをか？
阿倍　……じゃあ何故ですか？
平川　お前からここのワクチンづくりの情報を仕入れるためだ。
阿倍　え？
平川　ああ。
阿倍　誰がそんなことを。
平川　そこの廊下と満州中の美容院で言ってる。
阿倍　このワクチンづくりはそんなに重要なものなんですか。

阿倍、再び、窓を開ける。
中庭からの声、鮮明に聞こえてくる。

苺イチエの声　ありがとね、みんな。今日、最後の曲は、『ミクロの別れ』。

大歓声。そして歌。
その大音量の歌声の中で、次のことが行われる。

机の上にある水を飲む平川、倒れる。
吃驚《びっくり》する阿倍。
人を呼ぶ様子の阿倍、大音量で聞こえない。
人が来る。
平川をそこからストレッチャーで運び出す。

無人の楽屋となる。
女学生・○田フミヨが、走りこんでくる。
○田フミヨ、手に持っている薄っぺらい四角い箱を、急いで、どこかに隠す。
その瞬間、○田フミヨを追って、数名の白衣を着た人間が入ってくる。
○田フミヨが捕まる。
連れて行かれる。
再び、無人の楽屋。

苺イチエの『ミクロの別れ』が終わり、兵士たちの大喝采。

凄い花束を抱えて苺イチエが入ってくる。
抱えきれない花束をお床山がフォローしている、オーナーも入ってくる。
苺イチエ、そのまま、一人でロッカーの中に入り込む。

それを見て、ムッとしながらもオーナー。

オーナー 『歌とスポーツこそ人生の応援歌だ！』その裏を読んでちょうだい！

お床山 え？　裏読みですか？

オーナー 早く、広報部長。

お床山 ええと……大衆は、週に一回、笑って泣かせて愚痴らせて踊らせておけば、文句を言わねえ。

オーナー それでも、大衆が弱音を吐いたら。

お床山 ガンバレ〜、一言、耳元で歌ってあげましょう。

オーナー そうすれば？

お床山 また月曜日から働く。

オーナー あんたは、ハチ公よりも賢明で従順だわ。

お床山 きゃんきゃん。

オーナー それに比べて（苺イチエが閉じこもったロッカーに向かって）何が不満なんだか。

お床山 一人娘にありがちな傍若無人ということで。

オーナー （お床山に）この戦争に勝ったら、あなたをスポーツ文化大臣にするとお父様が言っています。

お床山 ありがとうございます。

オーナー これからの時代は、スポーツと音楽のオーナーになれれば、大衆の心を所有したも同じ。私たちにとっては。
お床山　私たちって。
オーナー　私とかお父様。
お床山　はい。私も精進して、大衆を躍らせる振付師になります。
オーナー　あたしたちは今、辛くない！　辛い時代なんか生きてはいない！　スポーツと音楽がある限り、ね！
お床山　はい。
オーナー　（ロッカーの中の苺イチエに向かって）従順と勇敢を、スターを通して、大衆に教えこむの……苺、ここでの、あなたの役割は明解です。

オーナーとお床山去る。
苺イチエがロッカーからこっそりと出て来る、何かを探す仕草。
阿倍、入ってくる。しばらく、阿倍に気が付かない苺イチエ。

阿倍　何を探しているんだ？
苺イチエ　（びっくりする）……。
阿倍　……フスカミンか。
苺イチエ　……。
阿倍　薬はまずい。

苺イチエ　フスカミンは、ただの鎮痛剤よ。
阿倍　14、どこがイタイんだ。
苺イチエ　心が……それで満足？

ロッカーに入り込む。

阿倍　15。
苺イチエ　……何。
阿倍　16。
苺イチエ　なによ。
阿倍　17、今月、君が僕に喋ってくれた言葉数だ。今、一気に増えた。
苺イチエ　……。
阿倍　この四年間、減少を辿る一方だ。
苺イチエ　……。
阿倍　（ロッカーを開ける）君は、俺の心ない言葉で粒来さんが死んだとでも思っているのか。
苺イチエ　思ってないよ。人を殺すほどの言葉がお前の口から出て来るはずないもの（ロッカーをしめて中に入る）。
阿倍　（また、ロッカーを開けて）
苺イチエ　（閉める）

阿倍　（開ける）

苺イチエ　（閉める）

阿倍　（開ける）一か月に交わした言葉が、今ので18というのは、夫婦としていよいよどうだ、もうだめか？

苺イチエ　心配をしなくていいよ。離婚話なんかしないから、オーナーの娘婿でいられるから。エッグというスポーツは消えて、その仕草だけが残ったように、その抜け殻みたいな姿でワクチンを作り続けなさいよ。人助け……大事だよ（閉める）。

平川をのせたストレッチャーが、勢いよく入ってくる。粒来と看護婦が運んでいる。

粒来　どうした。

平川　水を飲んでしまいました。

粒来　飲んではいけないと監督に言われただろう。

平川　何で飲んではいけないものがあの机の上に？　胸が、胸が……。

粒来　平川、今から手術をする。

平川　早くしてください、ありがとうございます。

粒来　礼は要らない。

平川　粒来さんは、いつも命の恩人です。

看護婦1　どこへ運びます？

粒来　（指さす）

粒来消えてストレッチャーの上の平川と看護婦のみ。

平川　（ストレッチャーから起き上がって）粒来さん！　粒来さん！

看護婦1　粒来さんは亡くなったのよ。

看護婦2　（平川に）どうしたの、静かにして。

看護婦3　急いで、あちらの部屋に。

阿倍　ただ、水を飲んだだけでしょう、ここで何がおこってるんですか。

阿倍、ストレッチャーを追って去る。
苺イチエ再び、ロッカーからこっそりと現れる。
そして、また何かを探し始める。やがて、○田フミヨが隠した、薄っぺらい四角い箱を見つけ出す。
急いで、映写機を取り出す。
苺イチエ、箱からフィルムを取り出す。
映写機にフィルムを取り付ける。
それは、かつて見た記録映画『エッグ紀元節』……既にみたところは、ところどころすっ飛ばされるようにして、先へ進む。
食い入るように見ている苺イチエ。

ナレイション　1930年代、旧帝大の医学部の学生の間で始まった……ワクチン研究の合間に、中庭で何気なくやった……やがて、貧しい農家の三男坊のエッガーが、……『エッグ』は、かたやワクチンを生み出し、同時にコンピューターがするような……『エッグ』を……東京オリンピックに……。

少し、何もない、からの映像が映っている。
が、突然、続きが始まる。

ナレイション　そのエッグが生まれた場所は、実は日本ではありませんでした。遠く遥か満州の荒野でした。開拓団としてやってきた、その貧しい農家の三男坊は、彼が生み出した高い技術で『エッグ』の中心選手となりました。やがてそれに焦《あせ》った、生粋のエリートエッガーがこの『エッグ』を思わぬ方向に暴走させます。それは、彼の不可解な『自殺』から始まりました。

半透明のカーテンが三方にひかれる。
実験室風になる。
記録映画を見ている苺イチエの姿が、カーテンの後ろに隠れる。

消田監督、お床山が現れる。
その前に、阿倍と平川、他の兵士たちが整列している。
四年前の景色。

お床山　永久欠番『7』。粒来幸吉の遺書を読み上げます。
消田監督　（遺書を読む）今から君たちがやる作業は以後、『エッグ』と呼ばれる。そして、スポーツとして語られる。一切メモを取ってはならない。記録はするな。だから、この『エッグ』は、後世に伝わらないスポーツとなる。
阿倍　どういうことでありますか？
消田監督　君らが、普段、その中庭で遊んでいるあのスポーツのようにこれからの作業を語れということだ。
阿倍　それは、つまり暗号のようなことでありますか？
消田監督　遺言に質問はできない。
阿倍　はい。
お床山　では作業にうつります。
消田監督　前半戦が終わった。
阿倍　え？
消田監督　中国チームはかなり手強い。
兵士たち　はい。

消田監督　一発逆転を狙う。
兵士たち　はい。
消田監督　かつて、阿倍、お前が大逆転をしてみせたように。
お床山　まず、ユニフォームを配ります。
消田監督　皆に、白衣の天使になってもらいたい。
阿倍　なぜでありますか。
消田監督　遺言に尋ねたのか、それとも私にか？
阿倍　監督にであります。
消田監督　白衣の天使は、人を助ける。誰もがそう思ってくれるからだ。
阿倍　それは、実際には人を助けないということでありますか？
消田監督　助ける、味方を。
阿倍　言っている意味が分かりません。
消田監督　これは、粒来の遺言だ……前線での戦局が思わしくない……だからこのエッグを……
　敵にばらまく。
阿倍　ばらまく？
平川　このワクチンを敵に？　敵を助けるんでありますか？
消田監督　逆だ。今日からの作業は、強烈なワクチンを作ることだ。それをばらまく。
阿倍　それは……細菌をばらまくということでありますか。
消田監督　言葉に気をつけろ！　これはスポーツだ。

お床山　これはあくまでも情報戦だ。エッグが割れて中身がばらまかれるという噂が広まるだけで、相手チームは怖がる。
阿倍　噂だけでいいならば、ただの情報戦ならば、何故ここで作るのでありますか。
消田監督　作るだけだ。使いはしない。
阿倍　何故使わないものを作るのでありますか。
消田監督　飲んではいけない水が、机の上にあるようなものだ。
平川　じゃあ、それは敵への罠でありますか。
お床山　そうだ、そういう情報を流したい。
消田監督　それが自ら命を絶った粒来の遺志だ。
平川　粒来さんのためならば自分はがんばります、ご恩返しがしたいです。
消田監督　ただ、それを完成させるために必要なことがある。
阿倍　なんでしょう？

そこに亡霊のようにいた粒来が、初めて口を開く。

粒来　実験だ。
阿倍　え？
粒来　前もって、人に実際に試してみる必要がある。
消田監督　そう粒来の遺書が言っている。

粒来　医者はすれすれの死体が欲しい。
阿倍　すれすれの死体？
粒来　半分生きている人間だ。
阿倍　そんな人間をどうやって選別するのでありますか？
粒来　一人の死よりも大勢を助けることを考えろ！

粒来が振り向くと、背番号『7』が見える。平川の『3』。阿倍の『1』と並ぶ。「7」「3」「1」という数字が見える。

粒来　向こうを向け、背番号を見せろ。
阿倍　何のためでありますか？
粒来　背番号をこちらに見せる時、人は顔を失う。人が番号になる。
阿倍　何のために人を番号にするのでありますか？

白衣の男たちが、女たちを移送している。
ベルトコンベアーの上に卵が乗って運ばれているのと同様に、半透明のカーテンの後ろに女たちが運ばれる。
看護婦姿の男たちが、ベルトコンベアーから卵を取り上げ。

看護婦姿の男1　項目4。
看護婦姿の男2　名前。
○田ヨシコ　日本名、マルタヨシコ。
看護婦姿の男3　マルタ445です。
○田ミヨコ　日本名、マルタミヨコ。
看護婦姿の男3　マルタ345です。
阿倍　どこに運ばれて行ってるんだ？
看護婦姿の男1　項目32。
看護婦姿の男たち　項目32。
粒来　4の穴をあけろ。
看護婦姿の男たち　4の穴をあけろ。
阿倍　4の穴？
粒来　それが、すれすれの死体だ。

カーテンが開かれ、映写機で記録映画を見続けている苺イチエの姿が見えてくる。同時にその映像がうつりナレイションが聞こえてくる。

その間、次のことが同時にスローモーションで行われる。

逃げてくる○田フミヨを白衣の男たちが捕まえ、やがて、別室に連れて行かれる。

映画の中でも、白衣の男たちが、逃げている人間を拘束する様子が映る。

ナレイション　そのエリートエッガーがなした画期的なことは、卵の殻を使って人口調査をはじめたことです。これは、同盟国のドイツが始めたパンチカードによる人口調査と同じでした。ある特殊な人間たちを選別するための調査でもありました。すなわち、開発中のエッグを実際に投与できる人間を選び出すのです。その人間たちが、どの町のどこに住んでいるかを瞬時に知り、いわば人体実験に使ってもいい人間を選び出し……。

記録映画が止まり、オーナーが、走りこんできて、テーブルのフィルムを取上げて。

オーナー　止めて頂戴！
お床山　私は、こんな記録映画を作った覚えはありません。
オーナー　じゃあ、なんでこんなものが流れているの？
お床山　誰かがこの記録映画の脚本を作り変えたんです。
オーナー　それは、誰かがここで行われていることを記録し、外の廊下に漏らし始めているということよね。
お床山　はい。
オーナー　すみやかにそいつを見つけ出して。
お床山　そして今後一切誰にも記録をさせないようにします。
オーナー　いいえ、記録はしてちょうだい。

お床山　え？
オーナー　私はオーナーですよ。ここで起こったことの責任まで所有しています、だから。
お床山　だから？
オーナー　その責任の所有権を、誰かに譲渡しましょう。
お床山　それは、責任を誰かに背負わせるということですか？
オーナー　所有権の譲渡です。さ、これを（脚本を手に）書き換えて頂戴。
お床山　書き換えたものをまた書き換えるんですね。
オーナー　ええ、スポーツでは、記録はいつも塗り替えられるものでしょう。

ストレッチャーが勢いよく運ばれてくる。オーナー、お床山は去る。
そこから起き上がるのは阿倍。悪夢から覚めたように。

阿倍　粒来さん！　粒来さん！

阿倍だけを残して兵士去る。そこにいるのは、苺イチエ。

苺イチエ　粒来さんは死んだんだよ。……ずっとずっとずっと考えていたんだ。
阿倍　何を？
苺イチエ　粒来さんが死んだ意味。

阿倍　死んだ意味？
苺イチエ　死んだことになっている意味よ。
阿倍　苺……。
苺イチエ　粒来さんのことは、淡く悲しい夢にしておきたかった、でもどうしてもひとところに戻ってくる。
阿倍　僕もそんな悪い夢ばかり近頃見るよ。
苺イチエ　夢じゃないでしょう！
阿倍　え？
苺イチエ　エッグなんていうスポーツは、初めからない。ここで起こっていることを教えて。
阿倍　僕らは中庭でスポーツをしていただけだ。
苺イチエ　愚直だったあんたまでが、何かを隠し始めている。
阿倍　え？
苺イチエ　愚直だけが取り柄なのよ、あなたは。
阿倍　初めてほめてくれた。
苺イチエ　あの人たちは利口だよ。もう、負けた時のことを考え始めている。負けた時にここで何が起こるのか。誰に責めを負わせればいいのか、きっとそうなんだ。それが、粒来さんが死んだ意味。
阿倍　死んだ意味？
苺イチエ　死んだことになっている意味だよ……これ。

阿倍　なに。

苺イチエ　あたしがロッカーの中で、息をひそめて、記録してきたことば……（例の『エッグ』の原稿用紙を見せる）。

阿倍　え？

苺イチエ　始めはただ粒来さんが死んで悲しくてここに籠っていた。けれど、そのうちロッカーの外で奇妙なことが始まった。始まっている。だのに、私は出られない。それで……記録したの。

阿倍　記録した？

苺イチエ　ええ、ここで起こったことを。

阿倍　ダメだ、すぐに捨てされ。

阿倍、苺イチエの手からその原稿用紙を奪い取る。
その瞬間、芸術監督が現れて、さらにそれを奪う。阿倍と苺イチエ、消える。
そして、その例の『エッグ』を、小さな明かりの下で読み続けている芸術監督。
消田監督が現れる。

消田監督　ものをつくる、とかいう連中は、ひどい人間だな。

芸術監督　え？

消田監督　人の場所に勝手に土足であがり込んで君は何をしている。

芸術監督　人の場所？
消田監督　これは寺山修司の作品だろう。
芸術監督　だったら、あなたたちも人の場所で何をしている。
消田監督　人の場所？
芸術監督　ここは満州でしょう。
消田監督　私はここから誰もどんな記録も持ち出さないように監督しているだけだ。
芸術監督　寺山修司が何を物語の外に持ち出そうとしたのか？　だんだんわかってきた。
消田監督　彼は、何を持ち出そうとしたんだ？
芸術監督　ここに書かれた『猿』ですね。
消田監督　猿？
芸術監督　『昭和十七年（１９４２年）十一月満州の北部で捕獲した四十頭のネズミに付着していた北満トゲダニから病原を分離。その二百三匹をすりつぶし食塩水乳剤とし、猿に注射。初代の猿は接種後十九日に至り三十九・四度の発熱。この猿の血液を以って接種した第二代の猿は十二日後に発熱。爾来、猿累代接種を行い、本病原菌を確保して種々の実験を行った……』この実験に使われた猿は猿じゃない。猿同然の人間だ。寺山修司は、そのことに気がついたんだ。
消田監督　……こう考えたことはないか？　寺山修司はこの作品を書いている途中に亡くなったのじゃない。
芸術監督　え？
消田監督　この作品を書こうとしたからなくなったんだ。

芸術監督　……それは寺山修司が殺されたっていうことですか？

半透明のカーテンの向こうの声。

苦しんでいる平川の手術中の手術室の声。

声　迷うな、迷ったら粒来さんにボイルしてもらえ。

声　そんなミスエッグ、俺しません。

平川　苦しいです、早くしてください。

声　平川、成仏してくれ〜。

平川　ちくしょー。

消田監督　杉並の河北病院のいまわのベッドで、寺山修司が布団を蹴りながら、最後に言った言葉を知ってるか？

芸術監督　なんですか？

消田監督　『俺はまだ死にたくねえ〜』。

平川　俺はまだ死にたくねえ〜。

消田監督　お前にその無念を背負う覚悟があるのか？

芸術監督　……。

消田監督　だったら、その原稿用紙をそこにおいて失せろ。

芸術監督　（そっと置く）

消田監督　後は私が監督する。腰抜け！

芸術監督、原稿用紙を放り出して逃げ出そうとする。

消田監督　おい、あんたの愛人をわすれるな。

芸術監督　え？

消田監督、ロッカーを開ける。
芸術監督の愛人のカツラと洋服だけが出て来る。
消田監督、芸術監督にそれを投げつける。
多数のエッガーたちがロッカーに集まり、慌ただしく荷物の整理を始める。その中に、阿倍もいる。
芸術監督も劇場案内係の姿に扮装し始める。
砲弾が落ちる音がし始める。

消田監督　逃げ出した。ついに関東軍が撤退を始めた。この満州国という物語から。逃げる時は女の格好をしろ。

阿倍　男の中の男がでありますか？

消田監督　女学生が、丸坊主になるように、男は看護婦姿で逃げるんだ。
阿倍　男の中の男たちが、女に化けて満州から逃げ始めた。
消田監督　関東軍参謀長官、近代公平。
芸術監督　え？
消田監督　日本はもう負けるのか？
芸術監督　また四年後だ。

一斉に逃げ出す、エッガー。
芸術監督、劇場案内係に化けて、女学生たちを連れて逃げる。

劇場案内係　逃げるのよ、逃げ遅れてはだめ。この『過去』から逃げ切れれば、すべてはノスタルジアになるからね〜、ほら、そんなところで弁当を食ってる場合じゃないよ〜。

人々、逃げ去る。
三方向のカーテンが、さっと閉められる。阿倍、その空間にのこる。
消田監督とお床山。

消田監督　敗戦が決まった。
阿倍　え？

消田監督　36対0、大敗だ。
お床山　まだ公表はされていません。
消田監督　我々は逃げ出す前に、敗戦処理をする、阿倍。
阿倍　はい。
消田監督　手を貸せ。
阿倍　光栄です。
消田監督　速やかに、この満州国ハルビンの防疫給水部隊のわずかな痕跡も残らぬように。
阿倍　残るはずがありません。ここで起こったことはメモすら取られていません。

オーナーが現れる。

オーナー　阿倍、本当にそうなの？
阿倍　え？
オーナー　このエッグを記録しようとしたものがここに三名いるとの報告があります。
お床山　その三名を今このロッカーの中に閉じ込めています。
阿倍　え？
お床山　出てこい！

三つのロッカーが閉じられている。

そのひとつ目が開く。
そこから○田フミヨが現れる。

阿倍　だれだ。
○田フミヨ　……。
消田監督　阿倍！
阿倍　はい！　（○田フミヨに）おい！
○田フミヨ　……。
お床山　あの梁の上から、いつも望遠鏡でこちらを覗きこんでいました。
兵士たち　項目４。
看護婦1　項目４。
看護婦2　名前。
兵士たち　名前。
看護婦3　マルタ２３４です。
お床山　項目32。
兵士たち　項目32。
お床山　４の穴をあけろ。
兵士たち　４の穴をあけろ。

○田フミヨは半透明のカーテンの後ろに運ばれる。
お床山、『エッグ』の原稿用紙を手に。

お床山 これが、マルタ234が手に入れた情報です。
オーナー 記録をしてはならないはずの内部情報が克明に描かれているわね。
消田監督 誰が書いた？
お床山 その容疑者が、この二つ目のロッカーに入っています。

開けられる。
苺イチエが出て来る。

オーナー （苺イチエに）これを書いたのは君か。
阿倍 違います。
お床山 お前に聞いてない。
消田監督 あ、でも違います！
オーナー 監督、あなたにも聞いてはいない。
お床山 どうしますか？
オーナー （苺に）なんで背中を向けるの？
苺イチエ 番号で呼んでください。私も。

オーナー　そうね、顔が見えなくなれば、あなたが誰だかわからない。
お床山　では、番号で呼びますか？
消田監督　オーナー本気ですか？
オーナー　……赦すしかないでしょう。わが子だもの。
消田監督　良かった。
お床山　感謝してくださいよ、お母様に罪まで買ってもらえるんだから。
苺イチエ　あたしが望んだわけじゃないよ。
阿倍　苺、君は望んでもないのに生きているかもしれない。
苺イチエ　なによ。
阿倍　でも、望んでも生きられなかった人間もいる。
消田監督　そうだな、その望んでも生きることのできなかった人間が三つ目のロッカーの中にいる。
オーナー　すみやかに、お願いよ。
消田監督　はい。
オーナー　（苺イチエに）おいで。
苺イチエ　え？

オーナー、苺イチエを強引に連れて去る。

お床山　（苺イチエに）罪を犯しても七光りで、花道退場！

消田監督　阿倍。最後のロッカーを開けろ！

三つ目のロッカーが開けられる。

背番号『7』が見える。

阿倍　粒来さん。

消田監督　その背番号『7』が、この一切の記録を書いたんだな。

阿倍　え？

粒来、顔を見せる。

粒来　その罪を背負って、頸動脈を切り自殺をしました。

消田監督　そう遺書に記されている。

阿倍　何を言ってるんですか。粒来さんは今そこにいるではありませんか。

突然、粒来が、阿倍の首根っこを摑まえて、ロッカーにいれようとする。

阿倍　（振り払って）何をするんですか？

粒来　これを記録していたのは、お前か？
阿倍　え？　いいえ。
粒来　じゃあ、やっぱり、苺イチエなのか？
阿倍　いえ。
粒来　どうする、苺をまた呼び戻して、代わりに頸動脈を切るか。
阿倍　いや、だったら俺かもしれません。
消田監督　（原稿用紙に記録を始めている）すいませんでした。まさか、これが苺の手に渡り、あのマルタ234の手で、中国チームに漏れていくであろうなどとは思いもしませんでした。
阿倍　え？　なんですか？
消田監督　今、君そう言っただろう。そう記録しておく。
粒来　だったら何のためにこんなことをした。
阿倍　え？
粒来　何のためにここで起こったことを外の廊下に漏らそうとした。
阿倍　（すべての成り行きを合点して）……平川さんの無念のためです。
粒来　平川？
阿倍　ええ、そうです。
粒来　お前何を言い出しているか、わかっているのか。
阿倍　きっと日本で待っている、故郷で待っている平川さんの御両親にせめて満州でどんな人助けの仕事をして、どういう姿で亡くなったのか、それを記そうと。

粒来　どうゆう姿だった、平川の最期は？　お前の記録によれば。
阿倍　平川さんは粒来さんにまず感謝をしていました。
粒来　俺に？　なぜ。
阿倍　粒来さんのお蔭で、自分のような病に罹った戦場の兵士が治る、そんなワクチンが作られたのだ、と。
粒来　手術室で、そういったのか。
阿倍　はい、粒来さんはいつまでも同じチームだ。命の恩人だと。
消田監督　お前が記録したのはそれだけか。
阿倍　はい、その後、平川さんは、後ろの手術室に連れて行かれたかと思うと、チフス病を、ワクチンで治してもらえるはずだった平川さんは、項目32の卵の殻に、4の穴をあけられました。4の穴の意味、それは、すれすれの死体です……粒来さんのことが大好きだった平川さんさえも、人体実験に使われたのです。粒来さんにありがとうと言いながら……だのに、粒来さんは死んだふりをしてここにのうのうと。
粒来　だが、その卵に穴をあける技術はお前が生み出したのだ。
消田監督　君は、このエッグというスポーツを大きく前進させた。
阿倍　俺はただ、故郷の鶏卵場で覚えた、卵の黄身と白味を……。
消田監督　天才的な仕事だった。君の背番号を永久欠番にする。『エッグの聖人』として崇められることになる。
阿倍　エッグの聖人は、粒来さんではありませんか。

消田監督　阿倍、粒来は死んでいるんだぞ。
お床山　誰の話をしているんだ？
阿倍　（指でさして）そこにいる粒来さんです！
粒来　監督、俺を代えてください。
阿倍　え？
消田監督　わかった。センターエッグ、粒来に代わって阿倍。

無理やり、ゼッケン7番を、阿倍に着させる。

阿倍　どういうことですか？
粒来　日本軍は負けた。後を頼んだ。粒来幸吉。
阿倍　え？

粒来、荷物の整理をそこで始める。

消田監督　さて、粒来。
阿倍　阿倍です。
消田監督　自決という形にした方が、何事も美しく残る。
阿倍　なんのことをおっしゃっているのですか？

消田監督　すべての秘密を自決と共に、おまえが地獄に運んでいく。
阿倍　僕は粒来さんではありません。
消田監督　ここに粒来幸吉の美しい遺書だけが残っている。エッグの聖人の遺書だ。彼はこう言っている。
粒来　これもまた人助けのワクチンと呼ばれる！

消田監督とお床山、ロッカーの裏に阿倍を連れていく。

無数の卵が、一斉に割られる。

それは、阿倍が無理やりに『エッグ』を飲まされているイメージ。

阿倍、消田監督とお床山により、ひきずられるようにして、再び姿を見せ、そこに崩れ落ちる。

いびつな姿で地面に転がっている。

消田監督　事故だ！

消田監督とお床山、去る。

身動きが取れなくなった阿倍の目の前で、記録を書き直す粒来。

阿倍　粒来さん！（立ち上がる、が、それは魂だけ）

粒来　え？　お前、何か言ったか。

阿倍　僕が立てない、喋れないと思って何をしているんです？

粒来　……気のせいか、何かお前が言っている気がして。

阿倍　改ざんですか。折角、苺が記してきたものを、書き換えてしまうんですか？（粒来の手を摑む）

粒来　なんだか、お前に無言で止められているように思える。

阿倍　苺はきっと、死んだ粒来さんを思いながら書き始めたんだ。けれどもあなたは……。

阿倍を払いのける粒来。

阿倍、そこにふっとぶ。

そして、またそこにいびつな姿として転がる。

粒来、去る。

同時に消田監督とオーナー現れる。車椅子に乗せられる阿倍。

そこへ、飛びこんでくる苺イチエ。

苺イチエ　容態は？

消田監督　（原稿用紙を取り戻して）見舞いの花束も渡せない状態です。

苺イチエ　医者は何て言ってるの？

消田監督　頸部骨折と脊椎に重度の損傷だと。

オーナー　それは事故ということよね。
消田監督　はい、オーナー。事故です。見舞いの花束も渡せないくらいの。
オーナー　よろしい。
苺イチエ　違うのね。
オーナー　え？
苺イチエ　何が起こったの？
オーナー　何が起こったの？
消田監督　わたしは見ていません。
オーナー　だったら、よくある事故じゃないの。

お床山が入ってくる。

お床山　でもオーナー、もう外の廊下ではいろんな噂が飛び交っていますよ。
オーナー　大丈夫、廊下の噂とはとっくに私が話をつけています。

オーナー、試合終了のホイッスルを鳴らす。

オーナー　日本に新型の爆弾が落ちたそうです。そして満州には、ロシア（ソ連）が攻めて来る
そうです。すべて噂ですけれど……。

消田監督　俺も看護婦姿で逃げるとするか。
オーナー　そんな卑屈な真似をしなくても、とっくに大敗した時のために、満州からの逃げ道は用意してます。パパ、最後の監督のお仕事を。
消田監督　はい。……まず、火をつけろ。

電話が鳴る。オーナーがとる。

オーナー　お父様からよ。
消田監督　あ、関東軍総司令長官。ええ、すべての施設に、すみやかに火をつけるように、たった今、はい、二、三時間の内に跡形もなく。ええ、もちろん猿も、マルタも。はい、はい。こちらの実験室も。戦後の調査団の目がこちらに向いても何も見つかるはずありません。本当にただの、卵白と卵黄を分けるだけの他愛のない実験ですから……（苺イチエに卵をぶつけられる）。あ、ちょっと待ってください。何すんだ？
苺イチエ　その電話はどういうこと、パパ。
消田監督　そういうことだ。
苺イチエ　この人のこの姿は、無駄死になの？
オーナー　無駄じゃないわ。阿倍は『エッグの聖人』になりますから。
苺イチエ　エッグの聖人？
オーナー　すべては『エッグの聖人』が、この酷い物語を飲み込んでくれます。だって、彼がすべてひとりでやったことですから。

苺イチエ　この人は誰からも愛されなかった……。

オーナー　あなたの旦那さんも知らなかったわけじゃない。それでもやっていたんでしょ。この北満《ホクマン》の英雄気取りで。『エッグ』という作業を……。

消田監督　君に代われって。

オーナー　はい、お父様。（電話の向こうに）……え？　満鉄の株？　抜かりなくすべて売りました。ええ、そのお金で、敵国の……ああ、もう敵ではなくなるのね……アメリカの製薬会社の株を買いました、はい、じゃあ（電話を切る）。

苺イチエ　アメリカの株ってなに？

オーナー　明日からも私たちは生きなくちゃいけないから。

苺イチエ　敵と通じていたのは、ママなの？

オーナー　あたしたちにとって、誰も敵じゃないの。どちらも味方。だから、どう転んでも私たちはいつも勝つのよ。

苺イチエ　私たち？

オーナー　私とか、おとうさま。さあこれからみんなで逃げるのよ。そのお祝いにシャンパンを開けましょう。ポンポン、ポンポン、バカみたいに。陽気でしょう、病気でしょう。未来に向かってお祝いするの。そうすれば四年前のことなんか忘れる。四十年前のことなんか。四百年前のことなんか。四千年前のことなんか……ねえ、もうどうでもいいでしょう、さあ過去から逃げましょう。

汽笛。
満州から逃げていく人々。
今まで使われていた控室のロッカー、貨物列車となる。
その無蓋の貨物列車に乗り込む人々。
乗り込んだ人間から時々、人が零れ落ちる。
逃げていく人々がフリーズするたびに。
阿倍、ふと立ち上がり話を始める。

阿倍 満州にはあまりにもたくさんの絶望がある。だから、満州の夕陽はあんなにも赤く大きい……。（一人の女学生をさして）彼女は、この無蓋の貨物列車から途中で振り落とされ、この中国に残される。そして一生を終る。

阿倍 （また別の女学生）彼女は、麻山《まさん》へ集団で逃げる。そこで集団自決をするという先生に『死にたくありません。命を助けてください』と懇願する。そして先生の手で殺される。

阿倍 （また別の女学生）彼女は、釜山《プサン》へ家族と逃げる。海峡を渡り佐世保に到着する、その少し前で、弟が餓死するのを見る。

阿倍 （また別の女学生）彼女は、新京から舞鶴へ、舞鶴から、そのまま東京は杉並の親戚に引き取られ、今も元気に生きている、ただ満州のことを二度と口にしない。

阿倍 そして俺は、誰もが逃げ出した満州に、このまま捨て置かれる。王道楽土の夢を抱かされ、東北からやって来た、医者の卵を夢見た高校生は、捨て置かれ、やがて果てる……。

阿倍、車椅子に戻って座る。

苺イチエ　わたし、ここにこの人と残ります。

オーナー　バカを言ってるんじゃないの。そんな男を愛しているわけじゃないだろう。この男が、東北の農家の三男坊が、ここであなたの婿になって夢を見られただけでも幸せなの、その夢を開拓団の皆に見せつけただけでも、十分にやってくれた。

苺イチエ　置き去りにするの？

消田監督　これから満州には、何十万という日本人が置き去りにされる。こんな一人の男がなんだ。歴史はもっと大きな所で動いているんだ。

オーナー　日本では、粒来さんの妻の座が待ってるわよ。

消田監督　お前の戦後はそうなるらしいよ。

苺イチエ　え？　どういうこと？

オーナー　私は知らないわ。

お床山　ええ、私の手元に、そういう情報が入りました。粒来医師は、大学病院で、戦後の非衛生な国民生活を守るため、ワクチン治療の仕事に従事する。

消田監督　それもこれもここでの研究が役に立ったんじゃないか。

オーナー　良かったじゃない？

消田監督　美しい遺書を書いたからと言って人は死なない。ノーサイドの笛が吹かれたら今までのことはすべて忘れる。それがスポーツだ。
オーナー　さあ、望遠鏡を逆さに持って、遠くへ遠くへ逃げましょう。

オーナー、消田監督、お床山、そして苺イチエを引きずるようにして無蓋の貨物列車に乗せ、トンネルの奥へ連れ去る。

すべての人々、すべてのものが、舞台の奥へ去っていく。

車椅子の阿倍一人のこる。

そこへ遠くからの足音。

苺イチエが、走って戻ってくる。

魂のように、車椅子の肉体からすっと立ち上がる阿倍。

阿倍　どうしたんだ？　苺……ここから逃げてもいいんだよ。どうして逃げない？
苺イチエ　靴、靴がないの。
阿倍　履いているよ。
苺イチエ　履いて帰る靴がないんだ。阿倍？……ノーサイドの笛が聞こえる？　そして……。

爆音。

カッと目を見開く阿倍。

阿倍　満州には、余りにもたくさんの絶望がある。だから満州の夕陽はあんなにも赤く大きい……無念です。無念です。無念です。けれども、人が絶望の淵で、全身全霊を込めて、未来に賭けた思いは、ぺらぺらと歴史のマルタにはりつく。そして、俺は多分……もうじき目を閉じる。

建物が崩れ落ちるのと同時に、そこにいる二人が、そのまま崩れ落ちる。
太い梁だけがそこに残る。

『望遠鏡の中の記憶』

君が残した
永遠の土産
白く宙舞う
五月の花よ
喉元で忘れた
其の名前は
遥かな故郷
円い記憶

君が残した
永遠の土産
朱く染み出す
真夏の夕映え

芸術監督、トンネルの向こうから現れる。

芸術監督　『マッチするつかのま海に霧深し身捨つるほどの祖国はありや』こう詠んだ寺山修司がのぞんだ結末は、まったくこれとは違うかもしれません。見渡す限りあまりにも多くのものが死に絶えていた、寺山はそんな廃墟の少年だった。だから彼もまた、今少しばかり『過去』から逃げてきたものを粗末にできなかった。それで、劇場の天井の梁にわからないように、『過去』を貼り付けてみたのではないでしょうか。

『エッグ』の原稿が、一枚空中に飛んでいく。
そして、元通り、太い梁に貼りつく。
芸術監督、トンネルの向こうに去ろうとする。

芸術監督　（と、振り返って）……あ、寺山修司に『エッグ』などという作品は存在しません。もちろん、私にも愛人など存在しません。

ロッカーを開ける。劇場案内係のカツラと衣裳が出て来る。

そして、ロッカーからすべての登場人物たちが現れて、改装された劇場で、カーテンコールが始まる。

パリ国立シャイヨー劇場公演では、作中の＊印部分が以下のようになります。

＊1　劇場案内係の台詞、左記となる。

劇場案内係　女学生のみなさん、パリよ、パリ、パリ、おフラ〜ンス。私が、当シャイヨー劇場の案内係のヒデコ・ドゥ・ノダ。今日は、日本から海越えてやって来た修学旅行中の皆さんにお芝居を見せるつもりだったんですが、ご覧のとおりシャイヨー劇場の改装工事が間に合いませんでした。それで私が、改装中の劇場を案内して、お茶を濁すことにしまあす。実は、この劇場で、日本人がお芝居をするのは、三十三年ぶりだったんです。三十三年前は、寺山修司という作家の作品でした。知ってる？　寺山修司。

女学生ら　知らなあい。

劇場案内係　あ、頭上に気を付けて！（一人の女学生に、パッとヘルメットをかぶせて、頭を傍の棍棒でたたく）それから、心の中もね。改装中の劇場では魔物が降ってきます。心にもヘルメットをかぶってくださぁい。

＊2　あ、あの、昔、ここに芝居で来た人？

＊3　字幕「古い物語、2015年の話となる」が入る。

野田地図第17回公演

【キャスト】

阿倍比羅夫《あべひらふ》　妻夫木聡
苺《いちご》イチエ　深津絵里
粒来幸吉《つぶらいこうきち》　仲村トオル
オーナー　秋山菜津子
平川　大倉孝二
お床山《とこやま》　藤井隆
劇場案内係／芸術監督　野田秀樹
消田《きえた》監督　橋爪功

○田フミヨ　深井順子
女学生・×田　上地春奈
女学生・△田　大西智子
女学生・□田　秋草瑠衣子

伊藤昌子／大石貴也／大石将弘／川原田樹
菊沢将憲／木村悟／久保田武人／黒瀧保士
河内大和／後藤剛範／後藤陽子／近藤彩香
佐藤ばびぶべ／佐藤悠玄／下司尚実／白倉裕二
竹内宏樹／冨永竜／永田恵実／西田夏奈子
野口卓磨／萩原亮介／的場祐太／三明真実
柳沢友里亜

【スタッフ】

作・演出	野田秀樹
音楽	椎名林檎
美術	堀尾幸男
照明	小川幾雄
衣裳	ひびのこづえ
音響・効果	高都幸男
振付	黒田育世
映像	奥秀太郎
美粧	柘植伊佐夫
舞台監督	瀬﨑将孝
プロデューサー	鈴木弘之
主催・企画・製作	NODA・MAP

野田地図第19回公演／パリ国立シャイヨー劇場 正式招待公演

【キャスト】

阿倍比羅夫《あべひらふ》　妻夫木聡　秋草瑠衣子／板橋駿谷／内田慈
苺《いちご》イチエ　深津絵里　大石貴也／大西智子／川原田樹
粒来幸吉《つぶらいこうきち》　仲村トオル　菊沢将憲／久保田武人／近藤彩香
オーナー　秋山菜津子　佐藤ばびぶべ／佐藤悠玄／下司尚実
平川　大倉孝二　白倉裕二／竹内宏樹／永田恵実
お床山《とこやま》　藤井隆　西田夏奈子／野口卓磨／深井順子
劇場案内係／芸術監督　野田秀樹　益山貴司／的場祐太
消田《きえた》監督　橋爪功

【スタッフ】

作・演出　野田秀樹
音楽　椎名林檎
美術　堀尾幸男
照明　小川幾雄
衣裳　ひびのこづえ
音響・効果　高都幸男
振付　黒田育世
映像　奥秀太郎
美粧　柘植伊佐夫
舞台監督　瀬﨑将孝
プロデューサー　鈴木弘之
企画・製作　ＮＯＤＡ・ＭＡＰ

ＭＩＷＡ

野田地図《NODA・MAP》

第 18 回公演

2013 年

10 月 4 日㈮〜11 月 24 日㈰

東京芸術劇場 プレイハウス

11 月 28 日㈭〜12 月 1 日㈰

シアターＢＲＡＶＡ！

12 月 6 日㈮〜12 月 8 日㈰

北九州芸術劇場 大ホール

ドはドーナツのド　レはレモンのレ
そしてMI《ミ》WA《は》？「愛」と「人生」と「昭和」

四十年近く芝居をやってきて、今回ほど、期待された舞台もない。いつもなら「今度何をやるんですか？」とか「今度はいつ芝居をやるんですか？」という程度の期待なのだが、今回は、「今度、美輪さんの芝居をやるんでしょう？」だ。そのうえ「面白そう」とくる。

私が説明する前から、誰もが知っている。知りすぎている。だって美輪明宏だからである。そして私が作っていない時点で、誰もが面白いに違いないと思っている。たぶん、それも美輪明宏だからである。どれだけ美輪明宏という素材は、人々に面白そうな予感を与える人物であるかということだ。そして、近年のテレビなどに出ている美輪明宏の面白さについては、おそらく、私よりもずっとずっと観客の方がよく知っている。

であるからして、私が、美輪明宏の面白さを、人々に伝える時、その面白さは、昨今テレビに出ている、あの金髪の怪人ではない。私が妄想するMIWAである。それは、この芝居の中では「愛」であり「人生」であり「昭和」である。私が今まで真っ向から取り組んでこようとはしなかったモチーフばかりが、「美輪明宏」という金鉱から、ざくざくと掘り出されてくる。そして、いつもなら、私は気恥ずかしくなって、それ以上掘り進まないのだけれど、今回は掘った。「愛」を「人生」を「昭和」を掘って掘って掘りまくった。とてもそれが新鮮で、楽しく（つまり苦しいんだが）幸福な作業であった。
　というわけで、私は本作品中に出てくるＭＩＷＡは、架空の人物であり、実在する美輪明宏とは全く異なります……と逃げを打っておきたいところなのだが、やっぱりそういうことでもない。確かに、美輪明宏が歩んだ人生とこの作品のＭＩＷＡの人生は全く異なる。ご本人も絶対にこの芝居を見られて途惑われるだろう。「こんないやな奴じゃないわ」とか「こんな凡庸な考え方はしないわ」とか「わたしの芸術のセンスを全く理解していないわ」とかいうことだろう。だから、くれぐれもご本人が歩んできた人生ではない。考え方ではない。だが、それでもだ。美輪明宏という怪物の人生に少しでも肉薄しようとした。決して、わざと全く違う「美輪明宏」を作ろうとしたわけではない。本当の「美輪明宏」が、絶対に私は、そんな風には考えないし、そんな状況でそんなことはしない。そう言うとしても、それも含めて、やっぱり、それが「美輪明宏」のように思えてならない。この作品を作りながらますます、そう思えてきた。ありえないものやら、矛盾を孕んでいる、それらをひっくるめてこそ「美輪明宏」という怪人であり、そこから生まれたＭＩＷＡという芝居である。そしてＭ《ミ》ＩＷＡ《は》?の答え、「愛」も「人生」も「昭和」もすべて、やっぱり、相容れないものをひっくるめてこそ、生まれ出てくるものではないのか？　そういう理屈を引っ張り出して初めて、私は、しめしめと思っている。もちろん、ごめんなさいとも思っている。

（「ＭＩＷＡ」公演パンフレットより）

MIWA

「淫売屋のない国は、風呂のない家のようなものだ」

――マレーネ・ディートリッヒ

が言ったとか、言われたとか。

大きなステンドグラスに描かれた聖母マリアとイエス・キリストの母子像が、光彩陸離《こうさいりくり》の輝きを放っている。

ここは、雲の上。

長い行列がある。

その行列の中にＭＩＷＡがいる。

行列の先頭では、『踏絵』が行われている。

その『踏絵』には、仰々しく、黄金色に、巨大な男性性器《ぼこちん》が描かれている。

最初の審判　ネクスト！
のっぺら1　（『踏絵』を踏む）
最初の審判　女！
女と呼ばれた、そののっぺら1は、雲にあいた大きな穴に飛び込み、真下へ落ちていく。以下、同じ。

最初の審判　ネクスト！
のっぺら2　（『踏絵』を踏む）
最初の審判　女！
のっぺら2　（大きな穴に飛び込む）
最初の審判　ネクスト！
のっぺら3　（踏まない）
最初の審判　踏みなさい！
のっぺら3　（やはり踏むに踏めない）……ダメだ！　僕には痛みがわかる。ここに描かれた、この、ちん、この、ちん、この、ちん、この、ちん（踏もうとする）。
最初の審判　男！

男と呼ばれたのっぺらは、もうひとつの大きな雲の穴に飛び降りて落ちていく。

最初の審判　ネクスト！
MIWA　どうぞ、お先に。
のっぺら4　あ、いいんですか？
MIWA　踏むのが怖くなっちゃった。

のっぺら４　どうして？
ＭＩＷＡ　男とだけは言われたくない。
のっぺら４　大丈夫、どう見ても男じゃないよ。
最初の審判　ネクスト！
のっぺら４　（あっさり踏む）
最初の審判　女。
のっぺら４　（ＭＩＷＡに）ではお先に。この世で！（おおきな穴に飛び込む）
最初の審判　ネクスト！
ＭＩＷＡ　（自分に言い聞かせるように）……踏める。
最初の審判　踏みなさい。
ＭＩＷＡ　……私は、女。
最初の審判　踏めないの？
ＭＩＷＡ　痛い！　痛みを感じる！
最初の審判　踏めなきゃ男だ、そっちの穴から飛び降りてくれ。
ＭＩＷＡ　……。（女の方の穴に向かう）
最初の審判　（笛を吹く）

羽の生えた生き物たちが現れる。

MIWA　いやだ〜、いやだ〜、僕は男なんかであるものか。
羽の生えた生き物1　時々出てくるんだよな、これが。
羽の生えた生き物2　うん、自分に与えられた性を拒絶するのっぺらぼうが。
最初の審判　お前は女じゃない！
MIWA　でも男でもない！
羽の生えた生き物1　じゃあ、男でも女でもない。
MIWA　そんなの化け物だろう。
羽の生えた生き物2　そう、お前！　化け物！　学術的には、ヘルマフロディーテ。男性とも女性とも言い難い、無性《むせい》の生き物。
羽の生えた生き物1　ほら、無性《むしょう》に腹が立つとか申すじゃあ〜りませんか？　あれは、性《せい》がないなんていう生き物をこの世に生かしておきたくないんだ！ていうお気持ちなんざんす。
MIWA　お前の喋り方の方が無性に腹が立つんだよ。
最初の審判　なんにしても、お前が男になりたくないのならば、ここにとどめておく。
MIWA　この世に生まれ降りてはいけないの？
最初の審判　化け物と分かっているものを、みすみす、この世に出すわけにはいかないだろう。
ネクスト！

と、別の化け物が走り込んで来る。

最初の審判　なんだ、そいつは。
羽の生えた生き物3　そいつは化け物だ！
最初の審判　え？　こいつも？
羽の生えた生き物3　捕まえてくれ！

化け物、捕まるのを避けようとして、偶然、ＭＩＷＡに手を伸ばす。
その拍子に、二人、絡まるようにして、雲間の穴から、落ちていく。

二人　うわあ！
羽の生えた生き物1　あ、二人もろとも落ちて行った。
羽の生えた生き物2　今の化け物は誰なんだ？
羽の生えた生き物1　アンドロギュヌス。
羽の生えた生き物2　男でも女でもある、あの化け物か。
最初の審判　神を神ともおもわぬ、あの不届きものか。
羽の生えた生き物1　でも男でも女でもある化け物が、男でも女でもない奴と一緒にこの世に落ちていってる。
羽の生えた生き物2　これからあいつら、一つの体で暮らすのかあ。

地上までの落下中のＭＩＷＡと化け物アンドロギュヌス。

アンドロギュヌス　よ！
M―WA　え？
アンドロギュヌス　お前も下に降りていけなかった口か？
M―WA　ああ。
アンドロギュヌス　じゃあ、俺に感謝しな。
M―WA　なんで、逃げていたの？
アンドロギュヌス　マリア様の首を絞めた。
M―WA　ええ〜！
アンドロギュヌス　なんか問題か。
M―WA　それひどくない？
アンドロギュヌス　あまり、ぎゅうぎゅう絞めたもんだから、あのマリアの目玉が、半分以上飛び出して、べろとか鼻汁まで出ちゃって。
M―WA　じゃあマリア様は？
アンドロギュヌス　いや、今はもう無事だ、顔も戻った。
M―WA　よかったあ。
アンドロギュヌス　そうかあ？
M―WA　だって、あのマリア様の眼球が半分飛び出していたら、信じる話も信じられなくなる。

雲の上で。

最初の審判　聖母マリア様だ！

羽の生えた生き物1　静まれ、静まれ！

羽の生えた生き物2　これより、ただ今、この世へ旅立った人々へのご祝辞がございます。

羽の生えた生き物1　本日、地上に生まれでる命への讃美歌。

ＭＩＷＡたちを含め、この世へ今、落下していく者たちの姿が見える。姿見の鏡を使って、空を舞い降りていく。

仰々しい音楽とともに聖母マリアの登場。

聖母マリア　今、この茜さす雲の真下には、あなたが降り立つ『世界』というものがあります。世界には、『花の街』があります。花の街は女でにぎわい、男が群がってきます。匂い立つ新しい命のために、私はこれから、巨大な青い海原を着込みましょう。そして、わたしの裾から一艘《いっそう》の船が出て行きます。

アンドロギュヌス　マリアって、アルツハイマーかよ。

ＭＩＷＡ　え？

アンドロギュヌス　だって俺に首を絞められたのを忘れて、俺を祝福してるんだよ。

ＭＩＷＡ　慈悲深いのさ。

一陣の風を受けて。

MIWA　始まったばかりの命の海に薫る風は、なんて甘いんだろう。
アンドロギュヌス　浮かれてんじゃねえよ。
MIWA　この風は僕を甘いところに運んでいくのかしら。
アンドロギュヌス　風が甘いからといって、甘いところへ連れて行かれるとは限らない。そこがつらいところさ。
MIWA　じゃあ、この甘い風は、僕をつらいところへ？
アンドロギュヌス　それがこの世というところ。
MIWA　地上が近付いてきた！
アンドロギュヌス　誕生とは喪失である。
MIWA　え？
アンドロギュヌス　どんな赤ん坊も生まれ出ると、ずぶぬれで泣く。あれは、いきなり何かを失うからだ。

産声が上がる。
同時に、巨大な青い海原は、赤ん坊が着込んでいる襁褓《むつき》（産衣《うぶぎ》）に変わる。
聖母マリアは、ＭＩＷＡの母に変わる。

ボーイと女給が現れる。
彼らの目には、生まれたてのMIWAだけが見えている。MIWAの体の中にいるに違いないアンドロギュヌスは見えない。

ボーイ　生まれたばい。
女給　男の子たい。
アンドロギュヌス　つまり、女の子を喪失したってことさ（襁褓の中に消え去る）。
MIWA　バブー。
ボーイ　泣き声の甘かあ。
女給　海ん風で湿っとっとよ。
母　もうよかね、私に返してくれん？
ボーイ　なんか、天主堂の母と子のごたるね。
二人　きれかあ。

一旦、姿を消していたアンドロギュヌスが、襁褓の中から現れて、母親に襲い掛かる。

アンドロギュヌス　（ものすごい勢い）おらあ！
母　（相手は赤ん坊なので、動じず）なんで、母親の首に手ばかけようとすっとやろ。
アンドロギュヌス　（軽くあしらわれる）くそー、届かねえ。

ＭＩＷＡ　バブー。
ボーイ　赤ん坊って、手の短かねえ。
女給　力もなかねえ。
アンドロギュヌス　（軽く腕をひねられる）いててて。（ＭＩＷＡに）俺にあるのは勢いだけ。くそ～（醜く泣く）。
ボーイ　化けもんのごとく泣きよるばい。
女給　こげんかわいい顔ばしながら、ひくね～。
母　赤ん坊は、みんなこげんたい。
ＭＩＷＡ　ばぶ～。
ボーイ　かわいか～。
アンドロギュヌス　うわあ！
女給　おっとろしか～。
アンドロギュヌス　（ＭＩＷＡに）お前、さっきまで喋ってたじゃない。
ＭＩＷＡ　ばぶー。
ＭＩＷＡ　ばぶー。
アンドロギュヌス　なんだよ、ばぶーって、本当にばぶーなんて言う赤ん坊はいねえんだよ。
ＭＩＷＡ　ばーぷ～。
アンドロギュヌス　たいして、変わんねえんだよ。おい、この世での俺の話し相手は、お前だけだからな。その話し相手がアイテッ！　なんだよ、おめえら。

劇場に遅れて入って来た風の一行が現れる。インチキくさい金髪のアメリカ兵たちとその通訳とマスター日向陽気《ひなたようき》。

これまでのすべてが、この日向陽気の店『ヘルマフロディーテ』のショーであったことがわかってくる。

マスター日向陽気　こちらへ、こちらへ。もうショーは始まってますから。おい、通訳して。

通訳　へーイ、カモン。へーイ、アメリカへーイ。

日向陽気　君、本当に通訳なんだよね。

通訳　なぜですか？　マスター。

日向陽気　今のアメリカへーイっていうのは、どうなのかなと思って。

通訳　戦争に負けたんですよ。

日向陽気　え？

通訳　僕たちはこれから、この戦後を生き抜くために、へーイ、へーイ、へーイちゃらな通訳して生き抜いていかなくちゃいけないんです。

日向陽気　はいはい、もう、難しい話はいいよ、はあい、私、この店ヘルマフロディーテのマスター、日向陽気です。

アメリカへーイ1　ゲロゲーロ。

アメリカへーイ2　ゲロゲロゲロゲロ。

アメリカへーイ3　グワッグワッグワッグワッ。
ＭＩＷＡ　静かにしてくれませんか！

間。

日向陽気　（アメリカへーイに）すんません、ほんとにすんません、あいつ新人なもので。
アメリカへーイ1　ゲロゲロゲーロ。
日向陽気　なんだって？
通訳　赤ん坊が喋った。
ＭＩＷＡ　赤ん坊じゃない。十六歳だ。見ればわかるだろう。
アメリカへーイ2　ゲロゲロゲロゲロ。
通訳　気が強そうな女の子だ。
ＭＩＷＡ　僕は少年だ。
通訳　（アメリカへーイに）ゲロッ。
アメリカへーイ2　ゲロッ？
通訳　少年？
アメリカへーイ3　ゲロゲロ。
通訳　女の子じゃないのか。
アメリカへーイ1　ゲロッ！

通訳　男なのか。……君、男なのかい。吃驚《びっくり》した。奇跡だ。さすがに噂に聞いたソドミアンバーだ。
ＭＩＷＡ　君、通訳を逸脱して喋ってるよね。
日向陽気　丸山君、君もまたショーから逸脱している。さ、赤ん坊に戻りたまえ。そして演じるんだ。いかなる親の因果が子に報いてか、娘と見紛う美少年が生まれ育ち給うたか。
ＭＩＷＡ　僕は歌を歌いたくてここにきただけです。
日向陽気　また歌なの？
アンドロギュヌス　（しゃしゃり出て歌う）はあ〜！
日向陽気　うまい。
ＭＩＷＡ　身の上話なんかしたくないんです。
日向陽気　でも面白いのよ、あなたの身の上から身の下まで全部。
ＭＩＷＡ　歌いたいんです。
アンドロギュヌス　はあ〜！
日向陽気　うまい。わかった。後で歌わせるから。
ＭＩＷＡ　はい。（気を取り直して）私の因果を生んだ私の母さんは、港が見える山の上、その天主堂の色鮮やかなステンドグラスに張り付いた聖母マリアでした。なぜなら、母さんは私を産んでまもなく天に召されたからです。

再び『ＭＩＷＡ』の物語に戻る。

MIWAの母親、そこに倒れる。
人々の泣き声。母の葬式。母の棺。そこは、長崎のカフェ『世界』。
そして裏に『花街』が見える。

ボーイ　よう見とけ、こいがお母さんの顔ばい、覚えとくとよ〜。
女給　無理ばい、まだ二歳ばい。
ボーイ　お母さんも、あんただけが心残りやって言うてたとよ〜。

再び、皆、棺の周りで泣き崩れている。
MIWAもその中にいる。ケロッとして、棺の中の母親を見ている。
そうっと、MIWAの後ろから肩を叩くアンドロギュヌス。

アンドロギュヌス　じゃあ、俺はこれで……ま、二歳くらいまでの子供には、見えないものが見えているとかいうけれども、結局、そのくらいの子供って、ろくすっぽ喋れねえからいけねえんだよ。だからじれったくて俺たち化け物が去っていくわけ。おあとがよろしいようで。バイバイ。いつかまた、どこかで会った時、俺を覚えているかね。……ま、俺も自信はないけど
（去ろうとすると）。
MIWA　バケモン。
アンドロギュヌス　え？

MIWA　バケモン。
アンドロギュヌス　喋ったよね！　喋ったよね！　嬉しい。乳母になった気分。
MIWA　バケモン！
アンドロギュヌス　アンドロギュヌスと呼んでくれるかな、一応化け物の中でも名門の出だから、
アンドロギュヌス。
MIWA　安藤牛乳？
アンドロギュヌス　アンドロギュヌス。
MIWA　安藤牛乳。
アンドロギュヌス改め安藤牛乳　ま、いいよ、斜め向かいの牛乳屋の名前で呼んでくれても。
MIWA　安藤牛乳、母さん、きれかね。（ボーイに）母さんは火事で焼けた家からずぶぬれで
出てきた時も、きれかったけど、今はもっときれか。
ボーイ　死んでなお綺麗ってもったいなか。生きてなお汚い人もおるだけに。

間。

安藤牛乳　死んだあああ？
MIWA　しっ！
安藤牛乳　死んでるの？　俺が首を絞めたからか？
MIWA　違うと思うよ。

安藤牛乳　お母さーん！
ＭＩＷＡ　意外と母さんっ子だったんだね。
安藤牛乳　俺もこの母さんから生まれたんだ。
ＭＩＷＡ　でもさんざん、悪態をついていたよ。
安藤牛乳　母さんだからだよ。母さんは何でも許してくれるじゃないか。……おい、何してる!?
え？　あ？　なんで死んだばかりの母さんを焼くんだ？　だったら生まれたばかりの子供を焼くぞ。

骨壺が出てくる。

ＭＩＷＡ・安藤牛乳　おかあさ〜ん。

安藤牛乳、骨壺を奪い取る。

女給　なんばしよっとね。
ボーイ　骨壺から灰ば持ち出して。
安藤牛乳　こうすれば、また母さんの咲いてくる。
ＭＩＷＡ　ほんとね。
安藤牛乳　俺についてこ〜い。

二人で、骨壺の灰をばらまく。

女給　旦那様〜、臣吾坊ちゃまが〜お母様の灰ばまき散らしとります。

ボーイ・女給　旦那様〜（劇中劇の客席に探す）。

観劇中の日向陽気　……え？　私？

二人　（うなずく）

以後、ソドミアンバー『ヘルマフロディーテ』のマスター日向陽気は、MIWAの父親役として芝居を続ける。

MIWA　母さんは死んで、花嫁になって帰って来た。

棺桶から、花嫁が現れる。
父が花婿となり、葬式はハイカラな結婚式に変わる。

安藤牛乳　おばちゃん。

継マリア　私は、お母さん？　それともおばちゃん？

安藤牛乳　おばちゃん！

継マリア　少しだけ腹んだつけど。
MIWA・安藤牛乳　おばちゃん！
継マリア　今日からおばちゃんのことをお母さんと呼んでくれる？
安藤牛乳　（MIWAを横に引っ張っていき）あれは継母たい。
MIWA　どっち？
安藤牛乳　え？
MIWA　ママ？　ハハ？
安藤牛乳　うーん、考えたこともなかった。でも、童話によれば、継母っていうのは、氷ってい
る氷を凍らせたような女だそうだ。
MIWA　どんだけ冷たかと？
安藤牛乳　暮らせばわかる。

一人の男が走り込んで来る。

逃げてきた男　匿《かくま》ってください！
父　今、披露宴のクライマックスぞ、ケーキ入刀の瞬間ぞ。
継マリア　お入り、式は終わったから。
父　え？
継マリア　早く。

継マリア、花嫁衣裳の裾に男を隠す。
追手が来る。音楽が止まる。

父　（ナイフ片手に）ケーキ入刀！
追手1　がうろたきにちっこのことお。
父　え？
追手1　がうろたきにちっこのことお。
父　だれか通訳してくれませんか？
追手1　がうろたきにちっこのことお。
通訳　男のこっちにきたろうが？
父　（追手のドスに気が付く）わ！
追手1　ぞるすうとうゆにきいけにらはのえめお。
通訳　（父にドスを見せて）おめえの腹にケーキ入刀するぞ。
継マリア　（男を隠した腹が膨れている）何ばじろじろ見とると？　できちゃった婚なのよ！

追手が去る。
継マリアの花嫁衣裳の裾から、男、でてくる。

父　あれで去っちゃうんだ。
逃げてきた男　どうも、ありがとうございます。
継マリア　お行き。
逃げてきた男　はい。
父　ちょちょちょ。逃がす前に、何ばしたとか、ぐらい聞かんば。
継マリア　生まれてきた子供に聞くね？　なんで生まれてきたとって。
父　でもこいつは、生まれてきたわけじゃなか。
継マリア　でもあたしのお腹から出てきたと。あ、これをもってお行き（夫から財布を奪い取り渡す）。
父　あ、それは俺の財布。
継マリア　この人は困っとるとよ。あんたは？
父　いや、困っとらんが。
継マリア　困っとらんから困っとるへ、川の水は流れるもの、わかったね。
父　ああ、わかった。
逃げてきた男　ありがとうございました。

逃げてきた男、去る。

ＭＩＷＡ　困っとらんから困っとるへ、川の水は流れるもの。僕の継母の童話は氷のごと、冷たくはなかった。雪解けの春の小川のように温かく流れていた。

継マリア　いろんな人間の色のあった方がよか。ステンドグラスのごたるこの街がよか。人や街が一つの色になったらつまらん。

MIWA　うん。

継マリア　そういうわけだから、ハイヒールの靴とつば広の帽子と臣吾に着せる色とりどりの服ば買ってくる。お金ちょうだい！

父　金？

継マリア　あんた困っとると？

父　いや困っとらん。

継マリア　留守中は、臣吾をみとってね。

父　もちろんたい。

継マリア　あ、ついでたい。皇后陛下んごたるドレスも買ってくるばい。

継マリア、去る。父、臣吾の手を握ったかと思うと、

父　おい、臣吾の世話ば頼んだぞ。

女給　もちろんですたい。

去る父。女給、臣吾の手を握ったかと思うと、

女給　臣吾を見とって。
ボーイ　え？　ああ。
女給　あたし、ほら定時制の『愛の学校』に行ってこんば？

女給、裏窓の向こうへ走り去る。
とたん、遊郭の障子が閉まる。

ボーイ　ほら（双眼鏡を渡す）。
ＭＩＷＡ　なんねこれ。
ボーイ　愛は裏窓から覗いて学ぶと。

ＭＩＷＡ、双眼鏡で覗く。
遊郭の姿が、影絵として映し出される。時に障子に穴が開く。手が出る、顔が出る、尻が出る、足が出る、胸が出る。いずれが男か女かわからぬままに。

女郎１　このあとは有料で。
ＭＩＷＡ　世界の裏には、遊郭という愛の学校があった。

キンコンカンコーン。

ボーイ　一時間目は、体育の授業。

MIWA　あ。

ボーイ　何が見えるね？

安藤牛乳　裸族だ。

MIWA　そこでは激しい体育の授業が繰り広げられていた。

ボーイ　うちでいつもお汁粉ば食べている姐さんたちのスカートにこっそり手を入れているおじさんのおらんね。

MIWA　おるおる、いつも偉ぶったおじさんの。

ボーイ　なんばしよる？

MIWA　裸になって『ぶって！　ぶって！』て言うとる。

安藤牛乳　服を着ると偉ぶって、裸になるとただ『ぶって！』。

MIWA　愛の前では、裸になってみな同じ。

キンコンカンコーン。

女給　堕ろせ。

女郎1　堕ろさん。

MIWA　愛の学校は、休み時間もやっぱり激しい。

奥の女郎屋の障子が開く。女たち、もめている。見えたり見えなかったり。

女給　騙されとっとよ、その異人さんに。
女郎1　騙されとらん。あん人、何度も『好きだ』って言ってくれたと。
女給　その先は。
女郎1　その先ってなんね。
女給　『一緒になろう』っていってくれたと？
女郎1　それはまだたい。
女給　『好きだ』までは、誰でも男の言うと。その先『一緒になろう』を、男の口から引き出さんば。
女郎1　あんた、ひがんどると？
女給　え？　なに、なに？
女郎1　どうせ『好きだよ』も言われたことのなかとやろ。
女給　ある。
女郎1　その先は？
女郎2　『結婚しよう』は？
女給　ある。

女郎2　え!?　じゃあ、なんでここにおると。
女給　その先のまだあったと。
女郎2　何。
女給　嫌われた。
女郎2　なんで？
女給　あたし、口づけするときに目が開くと。
女郎1　そんなもん、男が別れる時の口実たい。
女給　うすうす気づいていたことを、よくもよくもよくもあんたは！
女郎2　やめんね、ふたりとも。

大げんか、女給（負け女）、負ける。
キンコンカンコーン。
喧嘩した女郎たち、こちらにやってきて、座り込む。
ボーイ、蓄音機《ちくおんき》でシャンソンをかけてあげる『EN MAISON』。

ボーイ　二時間目は、音楽の時間。
MIWA　『愛』が蓄音機の中でふるえていた。

しばし黙って聞く。

ＭＩＷＡ　激しい体育の授業で受けた傷も……。
女給　なんか癒されるね、この音楽。
ボーイ　シャンソンたい。
ＭＩＷＡ　ジュルジュル、ジュルジュル言ってる。
安藤牛乳　愛するっていうのは、涎《よだれ》とか汁が出ることだから、ジュルジュルジュルジュル。
ボーイ　お汁粉でも食べな。
女給　ありがとう。
ＭＩＷＡ　早弁だ。
女給　（お汁粉を食べる音）ジュルジュルジュル。
女郎１　ジュルジュルジュル。
女給　うわっ。
ボーイ　何。
女給　小指の入っとる。
ボーイ　大丈夫、新しい小指やけん。

間。

女給　（女郎１に）いい？　そのお腹の子、おろさなきゃいかんよ。

女郎1　（うなずく）大人はつまらん。
女給　（急にＭＩＷＡに向き直って）『こんな私たちも夢は持ち続けるべきでしょうか？』。
ＭＩＷＡ　七歳の僕に何ば聞いとっと？
女給　臣吾にはこの手の質問にすらすら答えてくれそうなオーラがすでにあっとよ。
安藤牛乳　（しゃしゃり出て）では、とりあえず聞いてみて。
女給　『いつかあたしたちの愛が報われるなんてことがあるんでしょうか』。
安藤牛乳　あんた、最初が地獄でよかったのよ。
女給　ありがとうございます、おかげさまであたし、満州に行く決心がつきました。
安藤牛乳　え？　今ので？
女給　あっちにも、よかカフェの仕事があっとよ、じゃあ。

みな、あっけにとられる。
キンコンカンコーン。

ＭＩＷＡ　愛の学校はもう終わったと？
ボーイ　三時間目は課外授業たい。
ＭＩＷＡ　課外授業？
ボーイ　裏窓から匂って来るあの耐え難い人いきれ。あの肌の匂いから時に人は逃げ出したくなる。

ボーイがぐいと、ＭＩＷＡの手を引く。

ＭＩＷＡ　逃げ出してどこに行くと？
ボーイ　もうそうさ。
ＭＩＷＡ　妄想って？
ボーイ　もう、そうするしかない人間が逃げ込むところ。
ＭＩＷＡ　ここは裏の路地ばい。
ボーイ　映画館だよ。
ＭＩＷＡ　なんで表から入らんと？
ボーイ　映画も裏から見た方が面白かと。
ＭＩＷＡ　裏って？
ボーイ　スクリーンの裏、しかも只で見られると。
ＭＩＷＡ　それで僕の記憶では、ディートリッヒの黒子《ほくろ》が反対についている。裏窓でも学校でも教えてくれん愛がそこにあった。そこは、愛の言葉で溢れていた。

映画を裏から見ている三人。
フランス映画、ジュルジュルジュルジュル言っている。
字幕がすべて、鏡文字。

終わる。映画館の裏から出てくる三人。

ＭＩＷＡ　よかったね〜。
安藤牛乳　泣けたわ〜！　もう、愛ね。愛ね、愛がすべてね。
ＭＩＷＡ　安藤牛乳もそう思ったと？
安藤牛乳　うん、大きくなったら、もうそういう仕事に就く。
ボーイ　僕もだ。
ＭＩＷＡ　何が？
ボーイ　妄想という仕事に就きたいんだ。
ＭＩＷＡ　どんな？
ボーイ　絵描きになるんだ。僕は。

男がやってきて、ボーイに『赤い紙』を手渡して去る。

ＭＩＷＡ　それ、画用紙？
ボーイ　いや。
ＭＩＷＡ　なに？
ボーイ　僕の現実だ。

キンコンカンコーンの代わりに、空襲警報が鳴る。

ボーイ　じゃあ行ってくるね。
MIWA　どこへ？
ボーイ　戦争たい。

ボーイ、男に軍服を着せられる。
同時に、ステンドグラスの色が落ちていく。

MIWA　お兄ちゃん、いつ帰って来ると？
ボーイ　戦争の終ったら。
MIWA　お兄ちゃん、待っとるね。

継マリア、帰って来る。
継マリア、場違いにも、つば広帽子にハイヒール、皇后さまのような姿をしている。
父、現れて、慌てて、女給からＭＩＷＡの手をひったくり握る。
ボーイ、去る。

継マリア　只今〜。

父　おかえりなさ〜い。臣吾の世話ばちゃんとみとったよ。臣吾の世話ばちゃんとみとったよ。

継マリア　女の子のここに来んかった？

父　え？　何の話ね？

継マリア　天主堂の神父さんに頼まれたと。

孕《はら》んだ女が飛び込んでくる。

孕んだ女　助けてください。

父　（慌てて、カフェの鎧戸《よろいど》を閉めて追い出す）ごめんね、今、お店が終わったんだよ。

継マリア　お入り。

孕んだ女　え？

継マリア　早く。

継マリア、孕んだ女を、お腹の中に隠す。追手がやって来る。

継マリア　何ばじろじろ見とっと？

追手1　がうろだたきてげにがなんおみらはにここまい。

父　ちょっと通訳して。

通訳　今、ここに孕み女が逃げてきただろうが？

継マリア　あたしもできちゃったとよ。
追手2　いばるあのりむにがすさはのむらはをなんおだんらは。
通訳　孕んだ女を孕むのはさすがに無理のあるばい。
継マリア　え？

孕んだ女を、継マリアの腹から引っ張り出す。

継マリア　この子が何ばしたと。
追手1　み。
通訳　見ての通りだ。
継マリア　何。
追手1　は。
通訳　孕んだ。
継マリア　子供ば産んで何が悪かと？
追手2　あ。
通訳　あいにく、お腹ん中におるとが、耶蘇《やそ》の子たい。
継マリア　お腹におれば、自分の子。ヨソの子のわけなかろうが。
父　耶蘇の子。
継マリア　ヤソ？

父　耶蘇教の、キリシタンの、つまり敵国の子供ば、孕んどるってことばい。
継マリア　だけん、戦争の始まったのはついこの間。孕んだ時は、まだ相手の男が、敵になるかわからんかったとよ。ね!?
孕んだ女　わたしは、誰ともまぐわっとりません!
父　へえ、誰ともマグワラズ、できちゃったと?
継マリア　マグワラズのマリアね。
父　（孕んだ女に）お前、耶蘇にかぶれとるとか?
孕んだ女　そんなことはなか。
父　今は天皇様だけが神様ばい、あんた、あれね、（磔《はりつけ》の格好をして）裸でこんなん張り付いた、これば、神様と思うとると?
孕んだ女　思うとらん。
追手1　ち。
通訳　ちょうどよか。ここにマリア様の絵のあるばい。
MIWA　あ、それは僕が書いたと。
追手1　ほ。
通訳　ほら。
MIWA　なんばすっと?
追手1　こ。
通訳　これば踏まんば。

孕んだ女　え？
追手2　や。
通訳　耶蘇ば信じとらんとなら、この絵ば、踏んでみせんね。
M－WA・安藤牛乳　あ！
父　どうしたと。
M－WA　なんか知っとる、このデジャブ的……前世？
安藤牛乳　そう、そう、そう、見た。
父　お前の前世だ？
M－WA　えーと、なんか、よくは覚えとらんとやけど（上を指して）上の方で、踏めって言われて、なんだっけ、なんだっけ。
安藤牛乳　なんだっけ、天草四郎だっけ。
M－WA　え？　なにそれ？
安藤牛乳　俺も言ってみてびっくりだ、なに天草四郎って。
M－WA　なんだっけ、僕が？　天草四郎が？　踏絵ば踏めんで、なんだっけ。
安藤牛乳　だから踏めないでいるお前を後ろから、ドーンと。
M－WA　なして後ろから押したと？
安藤牛乳　だって、踏めばいいだろう、絵だからこんなもん。
父　せからしか、すっこんでろ。

MIWAと安藤牛乳は弾き飛ばされる。

追手2　むふばらはのえまおらたっかんめふばえのこ。
通訳　この絵ば踏めんかったら、お前の腹ば踏む。
孕んだ女　踏めん、痛くて踏めん。
MIWA　なんで人には、痛くて踏めん絵のあると?

追手たち、女を奥へ連れていく。
奥で、女を踏む音が聞こえる。

MIWA　なんばすっと?
継マリア　あんたたちなんばすっとね。
父　あ、そうだ、店ばしめんば、店じまいたい。
継マリア　あんた、止めんと、なんで止めんと!

裏の音が静かになる。
重いものが中に入ったずだ袋を引きずって、先ほどの追手たちが出てくる。

追手2　うとがりあ。

通訳　ありがとう。
継マリア　ありがとうてなんね。
追手1　てれくてえしおろいろいもつい。
通訳　いつもいろいろ教えてくれて。

追手たち、口笛を吹きながら去っていく。口笛、裏で静かに続く。

継マリア　どういうこと？
父　そういうこと。
継マリア　あんた密告ばしとったと？
父　俺も困っとると！
継マリア　え？
父　戦争ばい。これからはもう、色と水がつくものは、すべて店じまい。あの裏窓が閉まり、花の街が閉じる。この駆け込みカフェも閉じて、『世界』も店じまい。どこから金が流れてくっとね。
継マリア　あんたはずるか……あんた天主堂で、懺悔《ざんげ》をせんばね。
父　え？　なんで？
継マリア　この土地には、隠れキリシタンの血が流れとると。

継マリアは、つば広の帽子、ハイヒール、皇后さまのドレスを脱ぎはじめる。そして、質素な姿に変わる。

継マリア （つば広の帽子とハイヒールを渡そうと）臣吾、これ。

MIWA うん。

男たちがでてきて、さっとばかり、そのつば広の帽子と、ハイヒールを持っていく。

MIWA・継マリア あ！

継マリア （服を渡して）皇后さまんごたる、こん服だけは、取られんようにね。

MIWA 母さんどうすっと？

継マリア 今日からヨイトマケたい。おとうちゃんのためなーら、えんやこーら。こどものためなーら、えんやこーら。もうひとつおまけに、えんやこーら。

天主堂の中。そこで、MIWA&安藤牛乳、そしてコドモたち（つまり、羽の生えていない生き物）が、人々の懺悔する姿を覗いている。

羽の生えていない生き物1 初歩的なことば聞いてよかね。

MIWA よかよ。

羽の生えていない生き物1　神様って、なんで張り付いとっと？
ＭＩＷＡ　……なんか、悪かことばしたとじゃなか？
羽の生えていない生き物1　神様なのに何で悪かことばしたと？
ＭＩＷＡ　敵の神様だからたい。隠れキリシタンでもないのに、僕らは天主堂の地下室によく隠れた。ランタンの明かりが、苔《こけ》むす壁に僕らの影を映した。その影はいつも、げらげら笑っていた。
羽の生えていない生き物1　みんなそろったね。みんな宝物ば持ってきたね。
羽の生えていない生き物2　俺、このブリキの戦闘機ハヤブサ。
羽の生えていない生き物3　負けたことのないべーゴマ。
羽の生えていない生き物4　あ！　かぶった！　負けたことのないガラスのビー玉。
羽の生えていない生き物2　でも、なんで宝物ば埋めんばならんと？
羽の生えていない生き物1　臣吾、説明せんね。
ＭＩＷＡ　母さんのつば広の帽子もハイヒールも、皇后さまのようなドレスも持っていかれた。宝物は、これから全部取られるばい。
羽の生えていない生き物2　じゃあ、戦争の終るまで埋めとくと？
ＭＩＷＡ　ここなら神様の目も光っとる。
羽の生えていない生き物1　しかも敵の国の神様ばい。自分の神様のおるところには、絶対爆弾は落とせんけん。
羽の生えていない生き物2　臣吾の宝物はなんね？

ＭＩＷＡ　僕は、この……。
安藤牛乳　あ、これ。
ＭＩＷＡ　なんでしゃしゃりでると？
安藤牛乳　うるっさ！
羽の生えていない生き物１　なん？　人の変わったように。
羽の生えていない生き物２　なんね、それ。
安藤牛乳　コンドーム。
羽の生えていない生き物３　なん？
安藤牛乳　裏の姉ちゃんたちが宝物のように大事にしとる。
羽の生えていない生き物１　高かと？
安藤牛乳　今の日本じゃ手に入らん。
羽の生えていない生き物２　どうやって使うと？
安藤牛乳　ふくらますと。姉ちゃんたちの風船ばい。
羽の生えていない生き物１　じゃあ、空ば飛ぶと？
安藤牛乳　コンドーム、空を飛ぶ。

間。みんなの瞳が光る。

一同　なんか、夢のあるね。

羽の生えていない生き物１　よし、これも入れとこう。
安藤牛乳　コンドームは、ハヤブサの横がよかね。
羽の生えていない生き物２　でも戦争が終わらんかったら、掘り出せんと？
安藤牛乳　もったいなかねえ、コンドーム。
羽の生えていない生き物１　すぐ終わるたい。
羽の生えていない生き物２　終わらんかったら？
羽の生えていない生き物１　じゃあ、十歳になったら、どんなんなっとっても掘り出すばい。
羽の生えていない生き物２　うん、みんなまた集まらんね、この天主堂のランタンの下に。
羽の生えていない生き物１　来年の八月九日に。ここでね。

ランタンの下で見つめあう少年たち。

ＭＩＷＡ　あの。
羽の生えていない生き物１　なんね。
ＭＩＷＡ　僕のほんとの宝物は、これたい。
羽の生えていない生き物１　なんで、臣吾だけ二つ埋めると？
安藤牛乳　うるっさ！
ＭＩＷＡ　これ、マリア様の絵。
羽の生えていない生き物１　臣吾、おっかしか〜。

羽の生えていない生き物2　九州男児がなんでおなごんごたるもんば埋めっとね。
羽の生えていない生き物1　あ、これは、踏絵たい。
MIWA　え？
羽の生えていない生き物2　踏絵ね？　じゃあ踏んでやればよかね。
一同　うん、踏もう、踏もう！

コドモ、踏む。踏む。踏む。
ぎゃあぎゃあ言いながら踏む。
MIWAは、少し離れたところからそれを見る。コドモたち、去る。
幼恋繋一郎が、いつしか、そばに佇んでいる。

幼恋《おさなごい》繋一郎《けいいちろう》　あれって、何をしているんだ？
MIWA　長崎の伝統行事……なんで知らんと？
幼恋繋一郎　僕、疎開をしてきたばかりだから。
MIWA　君どこから来たと？
幼恋繋一郎　東京。
MIWA　え〜、すごか田舎からきたとね。僕、臣吾。
幼恋繋一郎　ぼく、幼恋繋一郎。
MIWA　大丈夫ね、そんな名前で。

幼恋繋一郎　うん。
ＭＩＷＡ　これ踏んでみんね。
幼恋繋一郎　うん。
ＭＩＷＡ　踏める？
幼恋繋一郎　踏めない。
ＭＩＷＡ　なんで踏めんと？
幼恋繋一郎　花を踏みつけたりできないだろう。同じだよ。この絵は綺麗だ。
ＭＩＷＡ　ありがとう。僕が描いた。今のは、長崎の遊び。踏絵ごっこ。
幼恋繋一郎　どんなルール？
ＭＩＷＡ　絵ば描いて、ただ踏む。踏みつける。
幼恋繋一郎　それだけ？
ＭＩＷＡ　男ん子のやる遊びは馬鹿んごたる。僕は好かん。だから僕は絵を描くだけ。踏絵はせん。なんが楽しくて、あげんぎゃあぎゃあ言っとるとやろか、男ん子は。

間。

ＭＩＷＡ　もうみんな、行っちゃった。
幼恋繋一郎　うん。
ＭＩＷＡ　ドキドキせん？

幼恋繫一郎　なにが？
ＭＩＷＡ　僕の心臓の。聞いてみんね。
幼恋繫一郎　え？
ＭＩＷＡ　いいから、どげん？

ＭＩＷＡ、その胸に繫一郎の顔を当てさせる。

幼恋繫一郎　なんだか、僕もドキドキする。
ＭＩＷＡ　長崎弁ば、使ってみんね、教えるけん。
幼恋繫一郎　うん。
ＭＩＷＡ　どげん？
幼恋繫一郎　どげん？
ＭＩＷＡ　なんか僕までドキドキしよっと。
幼恋繫一郎　なんか僕までドキドキしよっと（胸から頭を離す）。
ＭＩＷＡ　（再び、胸に頭を押し付けて）よかよ、よか。
幼恋繫一郎　あれっ！
ＭＩＷＡ　どげんしたと？
幼恋繫一郎　どげんもこげんも、心臓の音の二つする。
ＭＩＷＡ　うん。

幼恋繋一郎　うんて？
安藤牛乳　俺もいるからな。
幼恋繋一郎　君、今、人の変わったごたるなった。
ＭＩＷＡ　君は誰と一緒にすんどると？
幼恋繋一郎　今は、母と弟。
ＭＩＷＡ　え？　三人？　三人も住んどると？　体ん中に。
幼恋繋一郎　なんばいいよっと。家たい。
ＭＩＷＡ　化け物は住んどらんと？
幼恋繋一郎　どこに？
ＭＩＷＡ　心にさ。
幼恋繋一郎　え？　どういうことね？
ＭＩＷＡ　どういうことって、こっちの聞きたか、君は、生まれてから一度も化け物と喋ったことのなかと？
幼恋繋一郎　ていうか意味が分からんばい。
ＭＩＷＡ　生まれた時に一緒に降りてきたやつのことたい。
幼恋繋一郎　臣吾君、人は一人で生まれてくるとばい。
ＭＩＷＡ　東京ではそげんかもしれん。でも長崎では違うと。
幼恋繋一郎　違わんと思うよ。
ＭＩＷＡ　だったら、ランプのなかね？

幼恋繋一郎　ランプ？
ＭＩＷＡ　アラジンのランプ。こすると化けもんが出てくるたい。僕の化けもんば見せてあげる。

天主堂のランタンがアラジンのランプになる。
ランプを見つめている二人の少年の姿。

ＭＩＷＡ　でんでらりゅうのでてくるばってん、でんでらりゅうのでーられんけん……でてこーいでてこーい安藤牛乳、でてこんねえ。
幼恋繋一郎　今日から僕らは親友やけん、こんことは黙っとく。でも、心の中の化けもんのことは誰にもいっちゃいかん。
ＭＩＷＡ　うん。
幼恋繋一郎　（去りかけて）あ、それから、僕、君のことが好きになった。それも言っちゃいかんよ。
ＭＩＷＡ　それは言ってもよかろうもん。
幼恋繋一郎　今、君にドキドキした、あれ、変な気持ちやったから。

幼恋繋一郎、去る。

ＭＩＷＡ　最近、自信のなくなって。安藤牛乳が見えたり見えなくなったりしてきた。あん長崎ん海の、遠くの水平線に朧《おぼろ》にかすむ船のごたる、あいつの姿がもう見えなくなったと思う瞬間見えてきて、見えたと思った瞬間見えなくなる。

安藤牛乳 そうかあ。

MIWA そうなんよ。

安藤牛乳・MIWA え!?

MIWA おったと?

安藤牛乳 ああ。

MIWA ……なあ。

安藤牛乳 なんだ?

MIWA どうも僕らというか、僕はフツーではなからしか。

安藤牛乳 じゃあ、メフィスト的な契約をしてみてはどうだろう? 一つの体を二つの魂で共有しているわけだから。

MIWA ていうか、なんでお前は僕とおると?

安藤牛乳 よせやい。

MIWA いや、お前ひとりで男でもあり女でもあるって、十分、二人分じゃなかね。そんなやつが、なんでその上、僕の体に入り込んどると。

安藤牛乳 そこが僕らの、半端じゃない化け物振りっていうか。

MIWA どうせなら、僕は、あの子のような魂と一つの体を共にしたかったと。そうすれば、星空に向かう、お墓の傍らの糸杉のように、二人で永遠に咲き誇ってみせるとに。よりによって、なんでお前？

安藤牛乳　そういうなよー。

ＭＩＷＡ　あー、その声が好かん。なんで僕がお前んみたいんと一緒にこの体で暮らさんばいかんと？　出て行ってほしか！

安藤牛乳　見縊《みくび》られたもんだな、安藤牛乳も。言葉も喋れないお前を、この乳母は、安藤牛乳乳母は、どんだけ面倒見てきたかしれないんだよ……。

安藤牛乳、ボストンバッグに荷物をつめ始める。

ＭＩＷＡ　あれ？　どこかに行くと？

安藤牛乳　少年は、浮気者だからな……あばよ。

ＭＩＷＡ　うん。

安藤牛乳　え？

ＭＩＷＡ　なんね。

安藤牛乳　とめないのか。

ＭＩＷＡ　なんで？

安藤牛乳　そうか……。

ＭＩＷＡ　以来、僕の中から安藤牛乳が消えた。僕は僕だけになった。僕の心は女心で澄み切った。繋一郎君のための心になれた。

そこへ、どやどやとおかまの一群が入ってくる。
そのことで、舞台は、ふたたび、MIWA十六歳の時の、ソドミアンバー『ヘルマフロディーテ』のショーの最中に変わる。恐る恐る顔を出すボーイ役だった男。女給役だった女。マリア役だった女。

アメリカへーイ1　ゲロゲロゲーロゲーロ。

日影陰気　アメリカへーイたちの足が、うちの店から遠のいていると思ったらさ、こんなところに、さ。

ボーイ　はい？　どなた？

おかま1　この方をしらないの？

おかま2　日影陰気さま。

おかま3　日影陰気さまよ。この道で知らない奴は潜りだよ。

日影陰気　そ！　潜りなんだよこいつら。責任者出てこーい!?　おまえ。

ボーイ　いえ、僕はボーイです。苗字は、デビッド。でも日本人。マスターは、日向陽気と申します。明るい方です。

日影陰気　そう（陰気にため息をつく）呼んできて。

ボーイ　さっきまでその舞台で、つつがなく父親役を務めておりました。が、何でも急用ができたとかで、裏からいなくなったと思ったら、あなたが出てきたと、そういうわけです。

日影陰気　細々《こまごま》と使われているわけね、彼。
女給　というわけで、あなたがいる限り、マスターは現れません。
日影陰気　あ、そう。
MIWA　どういった用件なんですか？
日影陰気　へえ……（MIWAをじろじろと見て）おまえかい？　ちっとばかり綺麗だからって、図に乗ってるシスターボーイってのは。
MIWA　図なんかに乗っていません。
おかま1　じゃあ、何に乗ってんのさ。
MIWA　長崎から船に乗って、歌を歌いに来ただけです。
日影陰気　歌？
安藤牛乳　（突然いずこからか、しゃしゃりでてくる）はあ～！
おかま2　なに、こいつ？
日影陰気　うまい！
安藤牛乳　あは～！（歌いながら去る）
日影陰気　うまい！　人が変わったようにうまい。
MIWA　そしたら、この店で『美少年募集』という貼り紙。その尻馬《しりうま》に乗り、歌ってみれば時《じ》流《りゅう》に乗り波に乗り今や乗りに乗っているところです。
日影陰気　結局、図に乗ってるんじゃないの。
おかま1　いい、男の子をお膝に乗せるお店は、東京にまだ四軒だけなの。

ＭＩＷＡ　はい？
おかまたち　誰の許しを得たかって話なの。
ＭＩＷＡ　誰の？

おかま、みんなで日影陰気を見る。

日影陰気　今この日影陰気さまが笛を吹いたら、東京中のおかまがここにくるわよ。わが日影家は、江戸の頃から日陰に咲きつづけた陰間《かげま》茶屋の血筋なんだよ。あたしに笛を吹かせる？　それとも黙って店をたたんでくれるの？

と、ずぶ濡れの肖像画を背中に抱えた洋装の謎の怪人が現れる。

怪人　待ちたまえ！　僕の顔とこの思い切った拵《こしら》えに免じて、許してはくれないかい。
日影陰気　誰だ……あ！
おかまたち　きゃあ、せーんせ。
日影陰気　せーんせ。
ＭＩＷＡ　誰？
おかま１　雄川偶像《おすかわぐうぞう》よ。戦後文学界のアイドル。
オスカワ　それでみな僕を、オスカワアイドルって呼ぶ。ま、雄川先生って呼ばれるより、オスカワアイドル嬉しい。

日影陰気　先生まで、ここにいらしてたの？　日影やけちゃう、日陰なのに焼けちゃう。

オスカワ　さ、お店にお帰り。日影で焼けた肌を月の光でいやすんだ。そして君たちは、月を待つ秋の空のように、店で僕を待ち焦がれたまえ。

おかまたち　はあい！　きゃあ！

おかまの一群、去る。

オスカワの周りに、『ヘルマフロディーテ』の女装した男の子たちや男装した女の子たちが群がって来る。

マスター日向陽気、現れる。

日向陽気　どうも、先生助かりましたあ。

ボーイ　マスター隠れていたんですか？

日向陽気　先生って、人助けなんかする人には見えなかったのに。

オスカワ　あの子のためさ。今日も、あの子の話の続きを聞きたいから。

日向陽気　日向やけちゃう。日向だから、さらに焼けちゃう。

オスカワ　男が男に惑う時ってあるんだよ。そういう時はね、石のように体が固まる。マドウサっていう化け物がそばにいるから。

MIWA　……。

オスカワ　マドウサ、マドゥーサ、ミャドゥーサ（面白いでしょう？　みたいな顔をして周りを見渡す）。
ＭＩＷＡ　何が面白いの？
オスカワ　今、笑った人間が、僕の友達。
日向陽気　あはははは。
オスカワ　にはなれない人間。インテリのまがい物さ。
ＭＩＷＡ　（遠くから）インテリって面倒くさいんですね。
日向陽気　せーんせ、登場以来、ずっと気になっていたんですが。
オスカワ　え？　僕の髪形？
日向陽気　いやその背中のそれ！
オスカワ　あ、ああ。
日向陽気　（背中をいじって）これ、上着のタグですか？
オスカワ　いつもでちゃうんだ。
ＭＩＷＡ　え？　え？　あの。
日向陽気　なあに？
ＭＩＷＡ　そんな小さなものよりも、背負っているそのずぶ濡れのそれの方が気になりませんか？
日向陽気　何？　背負っているって？
オスカワ　え？　君には見えるの？　僕の背負っているもの。

ＭＩＷＡ　見えるって、見えすぎでしょう。
日向陽気　みんな、何か見える？
一同　見えなーい！
オスカワ　『子供のころ、駆け出せば、背中のランドセルの中で何かが鳴った。今、駆け出しても、背中で鳴るものは何一つない』。でも君にはまだ聞こえる、まだ見えるんだ。
ＭＩＷＡ　え？　どういうことですか？
オスカワ　おいで、僕の膝の上に。
ＭＩＷＡ　いやです。
オスカワ　なぜ？
ＭＩＷＡ　なぜっていうか、いやでしょう。
オスカワ　だって僕はいつだって、人にお話をするときは、その人を膝の上に乗せるんだ。
日向陽気　せーんせ、ほんともう、くどき上手。
オスカワ　え？　本気だよ。世界中の作家が、そうやって話を作るんだ。
日向陽気　はいはい、せーんせ。
オスカワ　君にだけ見える、このずぶ濡れの肖像画は、どこから現れたと思う？……僕の妄想からさ。
ＭＩＷＡ　でもこの肖像画の顔、溺れて死んだ人の顔のように、ふやけている。あれ？　どこかで見た。
オスカワ　誰？

ＭＩＷＡ　安藤牛乳だ。
オスカワ　アンドロギュヌス。
ＭＩＷＡ　安藤牛乳。
オスカワ　そう、アンドロギュヌス。愛の化け物。本当に君には見えているんだね。さあおいで、お膝じゃないから。これは、ニーだよ。ニーだから。
ＭＩＷＡ　行きません。
オスカワ　作家の膝は嫌いかい？
ＭＩＷＡ　作家が嫌いです。
オスカワ　じゃあ僕は作家をやめよう。
ＭＩＷＡ　やめてどうするの？
オスカワ　沈没船に宝物を探す仕事を始めよう。一緒に潜らない？
ＭＩＷＡ　いやです。
オスカワ　なんで？
ＭＩＷＡ　私が嫌いなのは、作家ではなくて、あなたなんです。
オスカワ　ロープを持ってきてくれるかい？
日向陽気　やめてくださいよ。変なプレイを始めるのは。
オスカワ　沈んだ大型客船に宝物を探しに行こう。
ＭＩＷＡ　え？

オスカワ、投げ込まれたロープを掴むと、もう一つの手で、MIWAの腕をつかみ、妄想の海に潜っていく。
呆然とする残された者たち。

女給 どこかへ消えちゃった、二人で。

日向陽気 もう、せーんせえったら。

沈んでいく音がする。
その妄想の海の底で。

オスカワ ほら、ここが客室だった部屋。この肖像画は、ここにかかっていた、ここから僕が奪い取ってきた。それでずぶぬれだったんだ。

MIWA でもあんなにずぶ濡れでふやけていた肖像画が今は綺麗に見えませんか?

オスカワ そう、ここは妄想の海の底ひだから。

MIWA これは男性? それとも女性?

オスカワ まるで君だよ。

MIWA ドリアングレイの肖像画ってかかれている。

オスカワ 君は自分が美しいということを知っている。

MIWA それはどうだろう。

オスカワ　いや知っている、美しい。
ＭＩＷＡ　いやそんな。
オスカワ　美しいんだよ。
ＭＩＷＡ　じゃあ、そういうことで……。
オスカワ　だから君もこの肖像画のモデルになった青年ドリアングレイのようにおなり。彼はずっとずっとこんな風に美しく輝いたままだ。
ＭＩＷＡ　なぜ？
オスカワ　この肖像画が代わりに現実で年老いてくれたからさ。わかるかい？『美』という妄想に生き続けたいならば、代わりに、誰かに『老いる』という現実を引き受けてもらわなくてはいけない。君の代わりに現実という罪を犯す者をみつけるんだ。見つけてこそ、君はいつまでも『美少年』でいられる。
ＭＩＷＡ　僕の代わりに罪を犯すもの？
オスカワ　うん。
ＭＩＷＡ　……それが、安藤牛乳だったのかもしれない。
オスカワ　そう、アンドロギュヌスだ。
ＭＩＷＡ　え？
オスカワ　それが、アンドロギュヌスなんだよ。
ＭＩＷＡ　初めて僕の話が分かる人に出会った。
オスカワ　え？

ＭＩＷＡ　気にせんでよか。
オスカワ　ヴィンセント・ヴァン・ゴッホって言った？
ＭＩＷＡ　言ってないと思います。
オスカワ　今度デイトしないか？
ＭＩＷＡ　いやです。
オスカワ　え？　気が合ったと思ったのに。

「ぷわ〜！」とばかり、妄想の海の底から、現実の海面に顔を出す二人。

日向陽気　お楽しみでしたか〜？
ＭＩＷＡ　……。
ボーイ　大丈夫だった？
ＭＩＷＡ　肖像画の顔が戻っている。
ボーイ　なんのこと？
ＭＩＷＡ　ずぶぬれでふやけている……どうして、あなたには僕にしか見えない安藤牛乳の顔がわかったんです？
オスカワ　たぶん、君と僕は同じ海の底で暮らしているからさ。ついこの間、僕は金閣寺に火をつけた。
一同　え!?

オスカワ　もちろん、僕の代わりに火をつけてくれた奴がいたのさ。妄想の海の底ひで。だから君の安藤牛乳もこれからきっと罪を犯す。でも、罪を犯すほどに、君はいつまでも美しくいられる。

ＭＩＷＡ　それは予言？

オスカワ　ぼくの予言は、カッサンドラーの予言。必ず当たる。でも誰も信じない。

アメリカへーイ（遠くから）ゲロゲロゲーロ。

日向陽気　通訳して。

通訳　空の上の話は、それくらいでいい。身の上話を続けてくれ。

日向陽気　分かりました。そら。

ＭＩＷＡ　では、ソ、ラの下、ミの上、すなわちファの話に戻ります。

通訳　ファの話？

オスカワ　日本人は昔、母をファファファと呼んでいた。その話だよね。

ＭＩＷＡ　はい。私の愛したファファファたちは、いくたび死んでも、花嫁になってまた帰って来た。

継マリア役の女が出てきて、

継マリア　え？　あたし、また死ぬんですか？

日向陽気　そうよ。ほら始めるわよ。

継マリア、綱を渡される。それを引っ張る。
そのことで、劇中劇に戻っていく。

継マリア　おとうちゃんのためなーら、えんやこーら。子供のためなーら、えーんやこーら。もうひとつおまけに、えんやこーら。

羽の生えていない生き物5　ねえ、あれ、臣吾の母さんじゃなかと？

MIWA　つば広の帽子をかぶらなくなったら、そいはもう、僕の母さんなんかじゃなか。

継マリア、倒れる。
継マリアの棺に縋《すが》り泣き崩れる、ボーイと女給。

ボーイ　自分の子供より、臣吾が心配だって言うて死んだとよ。

再び、その棺桶の中から花嫁が現れる。
継々母、継々マリアである。
継々マリア、現れるや、継マリアの服を焼く姿。

MIWA　なんで死んだお母さんの服ば焼くと？

継々マリア　今日から母さんはわたしよ。

ＭＩＷＡ　それだけは、持ってかれんように、母さんの隠しとったと。
継々マリア　こんなもん、持っとるってわかったら、家のもん、全部取らるるとばい。
ＭＩＷＡ　それは僕が知っている童話の継母だった……『やっていいっすか？』。
継々マリア　なんばいいよっと？
ＭＩＷＡ　安藤牛乳ならそう言ってこうするはずばい（とびかかり、継々母の首を絞める）。
継々マリア　きゃあ～！

父（日向陽気）が出てくる。

父　なんばしよっとか、おまえは。
ＭＩＷＡ　この女の人が。
父　母さんて呼ばんね。
ＭＩＷＡ　服ば焼いとると。華氏《かし》764度の温度で！
父　言うとることのよくわからん。
ＭＩＷＡ　華氏764度で服を焼いても、心までは焼かれんということ。
継々マリア　九州男児が服のことで、がたがた言わんと！
ＭＩＷＡ　服で着飾れんのなら、九州男児ばやめる。
父　着飾るって？　戦争ばしよっとぞ。今は見ざる言わざる、着飾らない。そういう時たい。
継々マリア　この子、女のごたる、気色悪か（去る）。

父　あ、ごめんよ、ごめんよ（継々マリアを追う）。

ＭＩＷＡ　華氏764度で、色とりどりの服がひとりでに燃え始めていた。綺麗な服が自殺している。自分勝手に燃えている。どうしよう、どうしよう。そうだ、もう、そうしよう、もう、そうしよう。妄想しよう。そこへ逃げ込もう。

妄想の扉を開けるように浦上天主堂の扉を開ける。

ＭＩＷＡ　マリア様……母さん。

讃美歌が聞こえてくる。
ＭＩＷＡ、ステンドグラスを見て、一心不乱で踏絵を描いている。と、ＭＩＷＡの目の前に走り込んで来る男。安藤牛乳である。

ＭＩＷＡ　お。
安藤牛乳　なんね、美少年。
ＭＩＷＡ　僕たい。
安藤牛乳　だれ？
ＭＩＷＡ　お前、安藤牛乳ね。
安藤牛乳　大概な呼ばれ方はしてきたばってん、牛乳呼ばわりされたのは初めてたい。しかもへルマフロディーテに。

ＭＩＷＡ　今、何て呼んだ？

安藤牛乳　え？　俺、なんば言いよっと？

ＭＩＷＡ　やっぱりだ。安藤牛乳だ。懐かしかねえ。

安藤牛乳　ちっとも。

ＭＩＷＡ　君は僕の体の中におったとよ。

安藤牛乳　お前は小さなキチガイか？

ＭＩＷＡ　僕の体ば失って記憶も失ったと？　本当にわからんと？

安藤牛乳　あ、知り合いだった。

ＭＩＷＡ　え？

安藤牛乳　昔ながらの。というわけで、ちょっとかくまってくれんね。五秒でよか。

ＭＩＷＡ　どういうことね？

安藤牛乳、裏に隠れる。数人が走ってくる。

追手１　うろだたきがとひにここ、まい、いお。通訳！

アメリカへーイ、寝ている通訳を起こす。

追手1　うろだたきがとひにここ、まい、いお。通訳！
通訳　おい、今、ここに人が来ただろう。
ＭＩＷＡ　人は来んかった。
追手1　よなくつばそう。
通訳　嘘はつくなよ。
ＭＩＷＡ　嘘じゃなか。来たのは牛乳。
追手2　いいうも。
通訳　もういい。向うだ。絶対にこの教会に隠れている。

追手去る。追手を追って去ろうとする通訳。

ＭＩＷＡ　おい、通訳を逸脱してどこに行くの？
通訳　僕は、そこに座りっぱなしのそいつが嫌いになった。
ＭＩＷＡ　え？
通訳　その通訳が目を覚ましたら言ってくれ。腰抜け、お前の青年は走り出した。

通訳去る。

ＭＩＷＡ　出てきてよかよ、安藤牛乳……なんばしよったと？　近頃。

安藤牛乳　それはなんか、この教会の中で繰り広げられている遊びね？　それとも俺ば罠にでもかけよっとか？

ＭＩＷＡ　罠？　その言い方からすっと、安藤牛乳は、僕を飛び出してから、罪ば犯しましたね。

安藤牛乳　そういうこったい。じゃあな。

安藤牛乳、追手と反対側に逃げていこうとする。

その足元に、『踏絵』を差し出すＭＩＷＡ。

安藤牛乳　うわあ、なんばするとか。

ＭＩＷＡ　なんでよけたと？

安藤牛乳　え？

ＭＩＷＡ　踏まんね、踏まんば。

安藤牛乳　なんば、言うとっと？　しかもこれは、マリア様の絵ばい。

ＭＩＷＡ　僕が描いたんです。何度も練習して描きあげたと。

安藤牛乳　じゃあ、人に踏ませるな。大事にせんばいかん。

ＭＩＷＡ　これを踏みさえすれば、罪人ではなくなるとよ。

安藤牛乳　これはもしかして、踏絵ね？

ＭＩＷＡ　僕、踏絵師になると。

安藤牛乳　そんな職業なかやろ。

ＭＩＷＡ　でも、誰かが描いとるわけやろ。天草四郎君ているじゃないですか。
安藤牛乳　いるっていうか、いたっていうか、くらいにしか、知らんばってん。
ＭＩＷＡ　その、ばってんは、天草四郎君を否定しているバッテン？　それとも、文章の終わりを告げる、本来はマルという意味のバッテン？
安藤牛乳　だったらマルバッテン。
ＭＩＷＡ　どっち？
安藤牛乳　長崎弁はおかしかね、駅前に岡歯科って歯医者のあるくらいやもんね。
ＭＩＷＡ　それは、しかたなか。
安藤牛乳　そう、歯科田中もあっとよ。
ＭＩＷＡ　天草四郎君たちは、このマリア様の絵ば踏めんかった、ただそんだけで死んだとばい。僕、好かん。そういうの。踏ませようとした連中もよくなかけど、天草君たち、なんで踏まんかったとやろ。たかがこれは絵ばい。よっぽど踏みにくい絵やったとやろか。そこで、踏絵師は思いました。踏絵じゃいかん。踏んでえ〜を描かんば。そのマリア様を見たら、踏みたくて踏みたくて仕方のない、夏の海に薫る風のように、人を誘惑する絵。それが描ける、そんな踏絵師に私はなりたい。
安藤牛乳　確かに、踏めない踏絵は、踏絵じゃない。むしろ『踏めない絵』と呼ばれるべきだね。ありがとう少年（去ろうとする）。
ＭＩＷＡ　え？　踏めないのならばどんな絵ならば踏める？　せめて参考意見を。
安藤牛乳　マリア様に髭《ひげ》をはやせ。

安藤牛乳、去る。

ＭＩＷＡ　駄目だ〜。マリア様は美しくなくてはいけないんだ〜。僕のお母さんだから〜。

と、青年刑事が、安藤牛乳を追って、走り抜けようとして、踏絵を踏む。

ＭＩＷＡ　あ！
青年刑事　どうした。
ＭＩＷＡ　あれほど踏まれたがっていた絵ではありましたが、いざこうして意図もなくガサツに踏まれてみると、許しがたい。
青年刑事　小僧。
ＭＩＷＡ　小便と呼んだな。
青年刑事　いや、小僧としか言ってない。
ＭＩＷＡ　小僧と呼ぶ前に、ためらいのあった。そこに、小便という音を聞いたんだ。しかも、この妄想の中に大した変わりばえもなく現れたな、おっさん。
青年刑事　おっさんじゃない。見ての通りの青年だ。青年刑事だ。
ＭＩＷＡ　まだまだ心が老けている。それが僕には透けて見える。
青年刑事　あいつを追い始めた時は、青年だった。

MIWA　そんなに長く追っていると？
青年刑事　三時間おっかけている。
MIWA　三時間で老けたのかい？　老けこんだのかい？　老けこけこけ……。
青年刑事　お前もついでに捕まえるぞ。
MIWA　つまらんやつにはつかまらん。
声　捕まえた！

安藤牛乳が、追手に捕えられて運ばれてくる。

MIWA　安藤牛乳、何ばしたと？
追手1　いないけんかはにうぞこ。
青年刑事　小僧には関係ない。くそ！　なんで俺が通訳したんだ。
MIWA　知らぬ仲でもありません。昔、僕の中に埋没していましたから。彼は私の一部です。
安藤牛乳　おい少年、あんまり俺を買い被るな。
MIWA　私の一部が、なんばしたと？
青年刑事　人ば殺した。
MIWA　私の一部ではありません。
安藤牛乳　（青年刑事に）おい。俺ば、すぐそこの刑務所に入れてくれんね。
青年刑事　頼まれなくてもそうなる。死刑囚は、みんな浦上刑務所に送られるんだ。

安藤牛乳　今はそこが、一番安全な場所たい。
青年刑事　なにをいってるんだ。
安藤牛乳　あん刑務所には、捕虜のたくさん入っとる。この教会と同じ、あいつらの神様のおるここに爆弾ば落とさんように、味方の捕虜のおる刑務所には爆弾ば落とせん。だけん、絨毯爆撃の来ても、俺は助かると。
青年刑事　ほざくな。人殺しはすぐにも死刑だ。
MIWA　なんで人ば殺したと？
安藤牛乳　男を愛し過ぎたからだ。
青年刑事　こいつは同性愛者だ。それだけでも罪だ。
MIWA　友情は罪なのかい？
安藤牛乳　お前には、わからん。
MIWA　え？

青年刑事ら、安藤牛乳を連れて去る。

MIWA　これはまだ僕の妄想の海の底ひかい？　安藤牛乳〜。

と、羽の生えていない生き物（コドモ）たち、現れる。

羽の生えていない生き物5　今日は、ここで埋めたもんば掘り返す日ばい。
MIWA　え？　もうあれから一年たったと？
羽の生えていない生き物6　（空を見上げる）なんか音のせん？
MIWA　あ。
羽の生えていない生き物5　なに？
MIWA　みんな、ちょっと待っとって。家に忘れもんばした。
羽の生えていない生き物6　なんば忘れたと？
MIWA　そういって僕は、天主堂を出て一目散に家に向かった。

MIWA、家に向かって走り出す。『ワスレモノ』を取りに帰る。その道すがら、反対方向から、その日の長崎の午前中の景色があふれ出てくる。

自転車に乗った郵便配達。

三菱に勤めている労働者。その管理職。同じく、勤労女学生。医大生。

手術中の医者。

赤ん坊を寝かせている女性。

城山国民小学校の風景。

刑務所で、作業をしている者。

防空壕を掘っている者。

教会。そこで、懺悔をしている者。

その間、これまで、このショー『MIWA』を見ていたアメリカヘーイが、まるで、一機の飛行機の操縦席のようになる。

アメリカヘーイ1　小倉《こくら》上空、視界不良。目標が見えません。
アメリカヘーイ2　目標に投下できません。
アメリカヘーイ3　零戦が本機に接近中。
アメリカヘーイ1　燃料は?
アメリカヘーイ3　残量低下。
アメリカヘーイ2　ただちにここを離れるべきです。
アメリカヘーイ3　どこへ?
アメリカヘーイ2　長崎はどうですか?
アメリカヘーイ1　了解。では小倉より、160キロ南、長崎に向かいます。
MIWA　雲一つない天気。
アメリカヘーイ1　目標まで一分。
MIWA　天主堂から踵《きびす》を返し二キロの道のり。
アメリカヘーイ2　再び雲がかかり、目標が見えません。
MIWA　家に着いた。
アメリカヘーイ3　投下口、開口。
MIWA　一刻も早く、忘れ物を手に、天主堂のみんなのところに戻るため、玄関の扉を開けた。

アメリカへーイ1 見えました！　目標が見えました！

アメリカへーイ2 常盤橋《ときわばし》のようには見えません。

アメリカへーイ3 長い間使われていないと思しき運動場のようなものが見えます。

アメリカへーイ1 教会とおぼしきものも見えました。

MIWA 大きな窓のある階段を上り、二階の僕の部屋の忘れ物を手にした。その出来具合を見ようと、窓から下がった。

アメリカへーイ1 午前11時02分、爆弾投下。

アメリカへーイ2・3 爆弾投下。

世界中の光を集めたような白い光。
世界中の音を集めたような音。
黒い大きな布が人々を覆う。
そこは一瞬にして被爆直後の長崎の街になる。
その布の下から、真っ黒い手や足や顔らしきものが見えてくる。
安藤牛乳が一人ポツンとそこに座っている。
長い、長い間がある。

安藤牛乳 でも、ま、いろいろあるんだろうけど、俺にとって、ぴかどーんは、ありがたかった。おかげで俺は死刑をまぬがれた。少なくともぴかどんはそのために落とされたって言える。なんたって、ぴかどんは殺す相手を選ばない。いや選ばないんじゃなくて、選べない。そこのところが、俺なんかの人殺しとは格が違う。ていうか、ぴかどんはやっぱり殺人じゃない。だって俺は人を殺して逃げた。逃げたということは怖かった、罪を感じたんだ。だがぴかどんを落としたものは、誰ひとり逃げていない。罪を感じていない。堂々と、人前に姿を現して生きている。だから罪じゃない。

耳の長い、腕の長い、沢山の化け物が現れてうろうろする。そこへ、MIWAが現れる。

MIWA　手にするはずの忘れ物を手にできぬまま、僕は戻って来た。……紙は華氏451度、布は華氏764度、神様は、いったい、華氏何度で自然発火するんだろう？　神様が自然に燃えていた。それで、これ幸いと、ここには悪魔ばかりが集まって来る。ここもまだ僕の妄想の海の底ひ？

アメリカ人記者が、惨状の写真を撮っている。

MIWA　君も悪魔ね？
アメリカ人記者　ゲロゲロゲーロ。
MIWA　何を言ってるんだ？
アメリカ人記者　ゲロゲロゲーロ。
通訳　あ、眠っていた。ごめん。僕が通訳するよ。

通訳、劇中劇を見ているテーブルから出てくる。

アメリカ人記者　ゲロゲロゲーロ、ゲ、ゲ、ゲ。

通訳　僕は新聞記者だ。

MIWA　どこから来たと？

アメリカ人記者　ゲロゲロゲーロ、ゲ、ゲ、ゲ。

通訳　この爆弾を落とした国から。

MIWA　敵国？

通訳　天国さ。

MIWA　え？　なに？

通訳　この爆弾は、日本人への天罰だ。

MIWA　この姿ば見てそう思うと？

通訳　この姿だからこそさ。天罰はひどいものさ。それに、大勢死んだと言っても、十万人かそこらだ。人類が誕生してから、どれだけの人間が死んでいると思う？

MIWA　ここは隠れキリシタンの町だった。命がけであなたたちの神様を愛した街だ。それでもその日は天主堂で懺悔をしていた。踏絵を踏んでしまって申し訳ありませんと。懺悔室の前に二十人の人たちが並んでいた。その真上にぴかどーんだ。そりゃあ、神様にあれだけひどいことをしたアンドロギュヌスも驚くよ。恐れ入りましただ。こうやりゃよかったんだ。こうやれば、俺も昔、神様をやっつけることができたんだ。だって、ぴかどーんの真下にいたものは神様さえも殺したんだから。

アメリカ人記者　ゲロゲロゲーロ。

通訳　興味はない。私は爆弾が、どんな効果をもたらしたかを見るために、一週間後に派遣された。この原爆のおかげで、戦争が終わった。今、この同じ時間に、アメリカではパーティーが始まっている。そのパーティーでは、パイ投げのコンテストがあり、ジルバという腰を振るダンスのお披露目があるはずだ。一人四杯まで、ビールは無料だ。原爆を投下し帰還した大佐が言う。「ほぼ時刻通りに、原爆は投下されました。わずか四分の遅れでした」将軍が答える。「そうか、それで君は、このパーティーに遅刻したんだな」会場は笑いに包まれる。

ＭＩＷＡ　その口から、どんな言葉が出ているか、わかっている？

通訳　え？　これは僕の言葉じゃない。

ＭＩＷＡ　誰の言葉？

通訳　（アメリカ人を指して）この人の言葉さ。

ＭＩＷＡ　君はこれからずっとそうやって喋っていくのか。

通訳　だってこれが仕事だから。

アメリカへーイたちが怒り出す。

ＭＩＷＡ、十六歳のソドミアンバー『ヘルマフロディーテ』に戻る。

アメリカへーイ2　ゲロゲロゲーロ。
通訳　なんで、こんなものを見せる。
アメリカへーイ3　ゲロゲロゲロ。
通訳　ここは高々ソドミアンバーだろう。
日向陽気　すいません。
アメリカへーイ2　ゲロ。
通訳　こんな話を聞きにやって来たんじゃない。
MIWA　誰がこんな話をしたい？　でも、これが僕の話だ。
日向陽気　（MIWAに）お願いよ、ここは敗戦国のソドミアンバーなのよ。勝った国に負け惜しみみたいなショーを見せるのはやめて。
アメリカへーイたち　ゲロゲーロゲロゲーロ。
日向陽気　ああ、兵隊さんが帰っていく。へーイ、へーイ、アメリカへーイ！　あれ？　あれ？でも、なんでさっき日本語喋ってたの？　ゲロゲーロ。

アメリカへーイ、去る。
追って、日向陽気も去る。

MIWA　ぼくの話はここで終わらないんだ。僕はあの時、十歳だった、今からたった六年前の話だ、おい、帰るんじゃないよ、話のつづきをお聞きよ。

オスカワ　ブラボー、ブラボー！
MIWA　え？
オスカワ　観客は一人いれば十分だって言ったのは誰だったかな？
MIWA　誰？
オスカワ　僕だ。僕は君のたった一人の一番のファンだ。
ひとり残ったアメリカへーイ　ゲロ。
通訳　もう一人観客がいるよ。
MIWA　え？
アメリカへーイ　ゲロゲロゲロゲロ。
通訳　アメリカへーイのみながみなああじゃない。
アメリカへーイ　ゲロゲロゲロ。
通訳　僕は君の話を聞く、だから君も僕の話を聞いてくれ。
MIWA　君の話？
アメリカへーイ　ゲロゲロゲロバレリーナ。
通訳　僕はバレリーナになりたかった。でも家族に反対されたんだ。
MIWA　なんで？
アメリカへーイ　ゲロゲロゲーイ。
通訳　バレリーナはみなゲイだって。でなけりゃ、あんなに、ぴったりしたものをわざわざはかないって。

オスカワ　そう、バレリーナのみながそんなわけない。
通訳　でも僕はゲイなんだ。
オスカワ　ああ、そうなんだ。
通訳　僕は通訳しているだけだ、僕の話じゃないよ。
オスカワ　そう。
通訳　僕は違うよ、違うんだ。
ＭＩＷＡ　君は、自分のことを自分の言葉では、何一つ話せないんだね。
通訳　……。

通訳、去る。
通訳を失った、たったひとりのアメリカへーイも去る。

ＭＩＷＡ　ショーを続けてもいいですか？
オスカワ　君は時々、一万年生きている古女房のようになる。さ、『憂国《ゆうこく》』の新妻のように、アメリカへーイの喜ぶものではなくて、僕の喜ぶものを見せてくれ。
ＭＩＷＡ　何をですか？
オスカワ　アメリカのデモクラシーは沢山だ、君のその日クラシーの話が聞きたい。

日向陽気が戻って来る。

日向陽気　もう、全くどうするつもりなの、あんた。
ＭーＷＡ　マスター、ショーを続けます。
日向陽気　誰も座っていない椅子に向かって、今更何を話すの？
ＭーＷＡ　でも戦争に負けて、初めて行った学校の教室もそうでした。誰も座っていない椅子に向かって話し始めた……。

ボーイ転じて先生　出席をとりまあす！

戦後の教室となる。先生、出席を取る。
皆一斉に子供の椅子をそこに、たくさんの不在の椅子。
端っこには、イーゼルと不在の椅子。

転向先生　生き残った太郎君。
生き残った太郎　はい。
転向先生　ガラスのビー玉君。
不在の椅子　……。
転向先生　生き残った次郎君。
生き残った次郎　はい。

転向先生　ブリキの隼《はやぶさ》君。
不在の椅子　……。
転向先生　負けないベーゴマ君。
不在の椅子　……。
転向先生　生き残った三郎君。
生き残った三郎　はい。
転向先生　幼恋繋一郎君。
不在の椅子　……。
転向先生　幼恋繋一郎君。
MIWA　（不在の椅子を見る）……。

幼恋繋一郎、いない。

転向先生　丸山臣吾君。
安藤牛乳　はい！
MIWA　え!?

いつの間にか、安藤牛乳が座っている。

安藤牛乳　俺、戻ってもいいかな。
ＭＩＷＡ　どこに。
安藤牛乳　お前の心の中に。
ＭＩＷＡ　もう戻って来とるじゃなかね？
安藤牛乳　いや、いつづけていいかな。
ＭＩＷＡ　外で何があったのか覚えとっと？
安藤牛乳　何か大きな音がガーンとして、脳みそが揺れて忘れてしまった時みたいだ。ただ……。
ＭＩＷＡ　ただ何ね？
安藤牛乳　俺という妄想は、外にある現実に比べれば、あまりにもちっぽけだ。それだけが分かった。だからじっとしてる。愛はお前にやる。
ＭＩＷＡ　それから三年、安藤牛乳は私の中でじっとしていた。あの日、二人でとうとう歌いだすまで。

ＭＩＷＡの父と継々マリアが出てくる。

継々マリア　中学生になった男の、四つ葉のクローバーなんかとってくるとじゃなか。
ＭＩＷＡ　なんでいかんと？
父　どうしたと？
継々マリア　焼け野原にこんなもんば、探してから。

ＭＩＷＡ　焼け野原だからだよ。
継々マリア　四つ葉のクローバーは、女の子のもん。
ＭＩＷＡ　でも珍しかけん。
継々マリア　あなたが珍しかよ。
ＭＩＷＡ　え？
継々マリア　そこらに無数に生えている三つ葉のクローバーを踏みにじり、ただただ四つ葉のクローバーだけを探す男子中学生。それってどうなん？　平凡であることを馬鹿にしとると？　なんで四つ葉？　普通の三つ葉じゃいけんと？　平凡な人間じゃいかんと？
ＭＩＷＡ　でも珍しいもんのあるけん、この世は楽しかとじゃなかね？
継々マリア　あんたなんか言わんね。
父　え〜。

MIWA、外へ出て行こうとする。

継々マリア　どこ行くと、話の途中に。
ＭＩＷＡ　こん、クローバーばあげると。
継々マリア　だれに？
ＭＩＷＡ　こん、手紙ばくれた人に。

MIWA、手紙を読みながら、別の場所へ。その間。

継々マリア　あん子はもう手におえん。
父　ああ。
継々マリア　ヘンゼルとグレイテルば捨てた森にでもうっちゃってくれん？
父　その森を探すのは難しか。
継々マリア　じゃあ、東京でよか。東京にうっちゃって。

父、継々マリア、去る。
入れ違いで、初恋繋一郎、現れる。

初恋繋一郎　たまらなく誰かを好きになりたくなる夕暮れがありますか？　そんなときは、すぐそばに、誰も座っていない椅子がひとつある。中学校の神父さまは、そこに神様が座っているという。でも、僕はそこにいつかあなたが座る、そのことを知っていた。あなたが、まだいずこの誰か知らない時から……君は恋人。
MIWA　ありがとう、こんな素敵なお手紙。
初恋繋一郎　突然、あんな手紙ば出して御免。初恋繋一郎と言います。
MIWA　え？　君も繋一郎っていうんだ。
初恋繋一郎　君もって？

ＭＩＷＡ　ううん、吃驚《びっくり》しただけ。
初恋繋一郎　何に？
ＭＩＷＡ　いえ、何というわけではないの。
初恋繋一郎　びっくりするということは、心が躓《つまず》くということだからね。思い出してごらんよ。
心の中で何に躓いたの？
ＭＩＷＡ　何に躓いたのかな？　たぶん、偶然というものかな。人は、『偶然』というものに出
会うとびっくりする、時に運命さえ感じてしまう。
初恋繋一郎　僕、裸になってもいいですか？
ＭＩＷＡ　どうぞー。
初恋繋一郎　え？
ＭＩＷＡ　なんですか？
初恋繋一郎　吃驚するとしたら、今だったと思うんですが。
ＭＩＷＡ　今って？
初恋繋一郎　僕が裸になると言った今です。
ＭＩＷＡ　子供のころから、周りはみな裸族だったんで。
初恋繋一郎　え？
ＭＩＷＡ　『あなたが、まだいずこの誰か知らない時から……君は恋人』ありがとう素敵な言葉。
初恋繋一郎　でも、もっと愛の言葉がたくさん溢れている所に行かんね。
ＭＩＷＡ　どこ？

初恋繋一郎　映画館。

行こうとすると、安藤牛乳がついてくる。

ＭＩＷＡ　今日の映画には、ついてこんでよか。
安藤牛乳　でも二心同体だもの、
ＭＩＷＡ　なら、絶対に出てこんでよ。
初恋繋一郎　おい、どこへ座っとうと？
ＭＩＷＡ　あ？　映画館、表からみてもよかとね。

座席に座る。
映画の台詞、字幕で出る。

ＭＩＷＡ　うわあ、字幕も鏡文字じゃなかとね、読みやすか〜。
初恋繋一郎　さっきからなんば言いよっと？

字幕と画面、次々替わる。

字幕１　愛する。それは、お互いに見つめ合うことではなく、一緒に同じ方向を見つめることだ。

初恋繋一郎、ＭＩＷＡの肩に手を伸ばそうとする。が、安藤牛乳が間に入り込んだり、安藤牛乳の肩に手がかかったりする。

続いていく、愛の言葉に三人三様の反応をする。

字幕２　愛することを教えてくれたあなた。今度は忘れることを教えてください。

字幕３　男と女の仲は、夕めしを二人で三回食べて何も起こらなかったらあきらめるんだ。

字幕４　人間は判断力の欠如で結婚し、忍耐力の欠如で離婚し、記憶力の欠如で再婚する。

字幕５　結婚する時、あいつを食べてしまいたいほどかわいいと思った。今思えば、あん時、食べとけば良かった。

字幕６　片思いでいいの。二人分愛するから。

字幕７　愛は敗れても親切は勝つ。

字幕８　神代《かみよ》の昔、アンドロギュヌスという愛の化け物がいた。

安藤牛乳　え？　なんか、今、俺の話をしてない？

字幕８　男でもあり女でもあった彼は、ある日、驕《おご》り高ぶり神に刃向《はむか》う。神の手で、アンドロギュヌスの体は二つに引き裂かれる。二つに裂かれたもの、それが男と女。以来、失った片割れを求めて男と女はひかれあう。

映画、終わる。映画館から出てくる二人、つまり三人。

安藤牛乳　よかったね〜、泣けたわ〜！　もう、愛ね。愛ね、愛がすべてね。
ＭーＷＡ　……うん。
安藤牛乳　なん？　その浮かん顔。男が女を愛しても、女が男を愛しても、安藤牛乳的には、私が私を愛するってことでしょ。
ＭーＷＡ　まあね。
安藤牛乳　あらゆる愛が私に向かってる。
ＭーＷＡ　それでも、解決されん愛のある。
安藤牛乳　何？
ＭーＷＡ　男が男を愛すること。
安藤牛乳　え？
ＭーＷＡ　男と女に引き裂かれたから、男と女が惹かれあうという物語では、その愛は説明がつかんよね。なんで男と男が惹かれあっては、いかんと？

間。

初恋繋一郎　ずいぶん、長い独り言だったね。
ＭーＷＡ　え？
初恋繋一郎　君は、いつも二つの声を持っているよね。

安藤牛乳　聞こえる？

初恋繋一郎　うん、僕には聞こえる。男でもあり女でもある過剰な激しい、うっとうしいまでの声。それとは別の、男でもなければ女でもない、消えてしまいそうなはかない声。存在することの逞《たくま》しさと存在することのはかなさ。二つの声が聞こえてくる。だからきっと。

安藤牛乳　あは〜！

MIWA　そして、安藤牛乳がついに歌い出した。僕の体の中で、僕と一緒に。

MIWA・安藤牛乳　あは〜！

安藤牛乳、『愛の讃歌』を歌い出す。その声は、『美輪明宏』の声に乗っ取られていく。
MIWA&安藤牛乳、かわるがわる口パクで歌っている。ほどよき所で終わる。

初恋繋一郎　君、すごいね。

MIWA　僕が歌うと体の中で、化け物が暴れまわるんだ。

安藤牛乳　あは〜！

初恋繋一郎　君は、絵を描くよりも声を使った方がいい。

MIWA　うん、東京の音楽学校へ行こうと思っているの。

初恋繋一郎　え？　僕もだ、東京の大学へ行く。

汽車の音。

初恋繋一郎　じゃあ、僕が先に東京で君を待っている。

初恋繋一郎を見送るＭＩＷＡ。

ＭＩＷＡ　そして僕も東京へ出てきた。繋一郎が東京へ出て、二年の後。

ＭＩＷＡ、東京に着く。
迎えに来るはずの初恋繋一郎を探す。
初恋繋一郎、女性を連れてくる。

初恋繋一郎　君とは映画館にも行った。手も繋いだかもしれない。でもそれは、恋ではない。
ＭＩＷＡ　……。
初恋繋一郎　見ての通り、僕には恋人がいる。大学を出たら一緒になろうと思っている。
ＭＩＷＡ　はい、ただ……。
初恋繋一郎　ただなあに？
ＭＩＷＡ　いや。
初恋繋一郎　とにかく、映画館に行ったからといって、それは恋ではない。
ＭＩＷＡ　ただ、この手紙……『君は恋人』と書いたこの手紙に書かれた文字、これさえ恋じゃなかったんですか？

初恋繋一郎の許嫁　それは、恋とは呼ばないのよ。変って読むのよ。

MIWA　え？

初恋繋一郎の許嫁　君は恋人、じゃなくて、君は変人。それでわかった？　長崎は、そういう町かもしれないけど、東京では隠れていた方がいいわよ。そういう類いの変人？　ううん、変態は。

初恋繋一郎、許嫁に引きずられるように去っていく。

MIWA　安藤牛乳……安藤牛乳……。

安藤牛乳、いない。

MIWA　こういう時には、お前は私をいつも一人にするんだな。それから私は、あの日のように、生き残った者たちのように、あなた方が慕《した》っていた十字架を背負うた耶蘇《やそ》のごとく、倒れ、立ち上がり、まろび、よろめき、立ち上がり、そしてまた倒れた。出口のなくなった長崎の町を当てもなく歩いた日のように、あてどもなく東京の街を歩いた。死んでたまるか。こんなことで死んでたまるか。……ふとバラの絡まる煉瓦《れんが》の塀に貼られていた一枚の紙に出会った。『美少年募集』そこが、この店。その日がここでの始まりの日です。

日向陽気　そして、今日が、そのおしまいの日だわ。ほら片付けて。

ＭＩＷＡ　え？　どうして店を閉じるんです？　やっと、乗りに乗ったばかりじゃないですか、ただのソドミアンバーではなく、私の歌にも。

ＭＩＷＡ　あは〜！

安藤牛乳　あは〜！

ＭＩＷＡ　耳目《じもく》が集まり始めた時じゃないですか。

日向陽気　所詮、興味本位。おかまが、どんな姿で歌を歌うか。わかる？　ここは、アメリカへーイで、もっていたお店なの。結局、図に乗ってしまったということよ。

日向陽気、去る。

負け女、ボーイ、そして、継々マリアらも出てきて店を片し始める。

オスカワ一人、拍手。

オスカワ　気にするな。丸山君、やめたまえこんなところ。君はこれから、魂の海の底ひで、その暴れはじめたアンドロギュヌスを従えて、大変なスターになる。これはカッサンドラーの予言だ。

ＭＩＷＡ　あのトロイの木馬の？

オスカワ　そう、必ず当たる。でも誰も信じないだけ。だから僕は、君がどこへ行こうともこのずぶ濡れの肖像画を背負って、君に逢いに行く、一番のファンだ。さらば。

オスカワ、去る。

負け女　そう、この店が、終わりなんだったら、あんたには言っちゃおう。
MIWA　なあに？
負け女　実は、あたしたちは女だったんです。
MIWA　わかってるよ。
負け女　いいえ、本当に心も体も女です。美少年のふりをしていた。
MIWA　ふりって、え？　女なの？　本当に女？
負け女　うん、あたし、女としては、他の店で雇ってもらえなかったんで。
マリア　右に同じ。
負け女　女であることを隠してまで手に入れていたの、この職を、それをあんたが台無しにしたのよ！（MIWAのそばから離れる）
マリア　右に同じ。
負け女　右に同じじゃないわよ！
マリア　え？
負け女　あんたは、いいのよ、いつも聖母マリアとかマリア様似の母親とか、とにかく処女関係だから。
マリア　いつか、先輩にもやってきますよ、処女関係。

負け女　あたしはもう待たないことにしたの。やって来る、その処女関係的なの。
マリア　どういうことです？
負け女　ほら見て、『麗《うるわ》しの声を持つ新しき星を求む』銀座のこの店が募集してるのよ。
ＭＩＷＡ　あ、そこ、有名なシャンソンカフェだわ。『倫巴里《ろんぱり》』。
負け女　でも、オーディションあたし一人で行くと、上がり症だからなあ。
マリア　じゃあ、あたしが付き添いで行きましょうか。
負け女　え？　行ってくれる？　あ、まって、今いやな予感がした。
マリア　何が？
負け女　こういうオーディションて、決まって、合格した人間が「あ、あたし、ただ友達の付き添いで行ったら、受かっちゃって」みたいなこと言うじゃない。
マリア　大丈夫です。いくらあたしがかわいくても、こういう仕事これで終わりにすると決めたんです。
負け女　なんで？
マリア　好きな人がいるから。
負け女　え？　そうなの？　嫁ぐの？　いいじゃない。
マリア　でも無理なんです。
ＭＩＷＡ　無理なことはないよ。これからは、どんな愛の形だってあっていい。私はそう思う。無理な愛なんてないのよ。
負け女　なんで急にはいってくるかな。

マリア　でもあたしが好きな人、兄なんです。
ＭＩＷＡ　え？
マリア　兄のことが大好きなんです。
アンドロギュヌス　お兄ちゃんかあ？　お兄ちゃんかあ。お兄ちゃんかあ。
マリア　兄はまだ無名ですが、映画の世界で世に出ようとしているので、そのお手伝いをしたいんです。そんなこともあるから、ぜひ、先輩の付き添い役で……。
負け女　いや、余計いやな予感がする、あんた来なくていいわ、代わりに、臣吾。
ＭＩＷＡ　え？
負け女　付き添ってくれる。
ＭＩＷＡ・安藤牛乳　あ、はい。

二人というか三人、退場。そして、すぐに帰ってくる。

負け女　だからいやだって言ったんだよ〜。
マリア　どうしたんですか？
負け女　臣吾だよ。付き添いの臣吾が、『倫巴里』デビューが決まっちゃったんだよ。
ＭＩＷＡ　あたし、ほんと今日は歌いませんからって、断ったんです。
負け女　いいじゃない、歌ったら？　審査員の方もああ言ってるんだし。
ＭＩＷＡ　ほんとにだめです。

負け女　だから……。

安藤牛乳が、わっとばかりに、そのマイクを奪い取り、口パクで『東京』を熱唱する。美輪明宏の歌声が聞こえる。

ほどよいところで。

マリア　素晴らしいです。臣吾さん。
ＭＩＷＡ　え？　なに？
マリア　いつか、私、マネージャーとして、兄を紹介します。赤絃繫一郎《あかいいとけいいちろう》っていいます。
ＭＩＷＡ　赤絃繫一郎？　また心が躓いた。
日向陽気　さあ、みんな出て行くのよ。進むべき道が決まったわね。
ＭＩＷＡ・マリア・安藤牛乳　はい。
日向陽気　あ（負け女に気が付く）。
マリア　（歌を聴き終わって）先輩はどこへ？
負け女　私、チェ・ゲバラに会いに行ってくるわ。
一同　え？　なに？
負け女　ゲバラよ、キューバに行ってくる。
ＭＩＷＡ・安藤牛乳　ちょっと待てや〜、革命だぞ、革命が起きてんだぞ、あの辺。お前、そういう複雑なこととかわかってんのか？

負け女　なんか、ゲバラの濃い髭がいいんだよね。
安藤牛乳　髭とかそういうことじゃねえんだよ。
負け女　じゃあね。
安藤牛乳　君。
負け女　え？
安藤牛乳　どうせなら、カストロにも会っておいでよ。

負け女、去る。

マリア　本当に行っちゃった。
MIWA　あの感じでいいのね……行こう。
安藤牛乳　うん。
MIWA　いざ、シャンソンの殿堂、『倫巴里』へ！

『倫巴里』の看板が現れる。すべてが、豪華なものに変わっていく。緊張した面持ちで、『倫巴里』の扉を開ける。と、『倫巴里』のマスター、半・陰陽が、シャンソン歌手たちを集めて話をしている。

半・陰陽　絶対に、化け物カラス。あたしたちが知っているカラスって、このくらいじゃない。

それが胴体だけでこのくらい、胴体だけでよ。で、そこからこんな風に折れ曲がった形で太い首がでているの。そして、折れ曲がった鼻、もう禿げ鷹みたいなの。いやカラスだから禿げてはないのよ。でも禿鷹みたいなカラスなの、禿げてない禿鷹……え？　それって、鷹ってこと？　違うのよ、カラスなの。禿げカラス、でも禿げてないの。禿げてない禿げカラス……え？　それって、カラスってこと？　違うの。化け物カラス。あたしと目が合った。そして、あたしと通じ合った。

ギャルソン　それからも、鳥との交流は続いているんすか？

半・陰陽　あるわ。さっきだって歩いてたら、ひゅ～って、こちらから来た鳥がいて、今まで見た鳥の速さじゃないの。ものすごい速さ、小さいんだけど、その顔は猛禽類《もうきんるい》の顔をしているの。

ギャルソン　ものすごく速いのに顔が見えたの？

半・陰陽　……ハヤブサだから。

ギャルソン　え？　ハヤブサなの？

半・陰陽　そうなのよ。

シャンソン・ツーヤク　（新たに入ってくる）マスターママ、今日の予定は？

半・陰陽　今日の妖精？　それも見たわ。

シャンソン・ツーヤク　え？　なに？

半・陰陽　目の前にいる。あなたが今日の妖精。

いつの間にか、そこに、『倫巴里』の新人、ＭＩＷＡが立っている。

ＭＩＷＡ　え？　僕、今日が初めて……。
半・陰陽　そして、あなたの後ろに化け物カラスがいるわ、ついに見つけた。
安藤牛乳、出てくる。シャンソン『陽はまた昇る』をまた口パクで。
大喝采。
半・陰陽　素晴らしい『倫巴里』でのデビューだったわ。あなたはいつからその化け物カラスを飼っているの？
ＭＩＷＡ　カラスではありませんが。
半・陰陽　じゃあ、マリアカラス？
ＭＩＷＡ　はい、母はマリアカラスと呼ばれていました。
半・陰陽　ああ、その血だわ。
安藤牛乳　まったく言ってることがわからないんですが。
半・陰陽　酔っているのね。
安藤牛乳　誰が？
半・陰陽　わたしが。
ギャルソン　前の店のマスターが、ここに挨拶に来るって言ってたんですけど……。
半・陰陽　無理ね、あたしがいる限り。

ギャルソン　そうなんですか？
半・陰陽　日向陽気でしょう。あいつ、私を怖がっているのよ。私はここシャンソンの殿堂、カフェ『倫巴里』のマスターママ、半・陰陽。あなたお名前は？
MIWA　丸山臣吾です。
一同　（大笑い）なにそれ、なにそれ。
半・陰陽　あなた、名前を変えた方がいいわ。丸山臣吾って？　臣吾って？　訛った死後みたいじゃない。「あなたは、すぃんごを信じますか？」だわ。
安藤牛乳　言ってることが。
半・陰陽　酔っているのね。
安藤牛乳　何に？
半・陰陽　シャンパンに、さあ歌って。

MIWA&安藤牛乳、また口パクで美輪明宏の『人生の大根役者』を歌う。
今度は、バックコーラス、バックダンサー的なものも従える。
ほどよいところで、大喝采。

オスカワ　ブラボー！　ブラボー！　たった一年で、すっかり丸山君、いや、MIWA君だっけ？　新しい名前。『倫巴里』の常連のお客の心を掴んだね、おめでとうMIWA君。
半・陰陽　あら、今日もいらしてたのオスカワアイドル。

オスカワ　君は僕の宵《よい》の明星《みょうじょう》。夜明けを告げない星だ。今、僕ね、小説を書いている。タイトルは『満面の告白』。どんな話だと思う？　ま、見当もつかないだろうな。
M－WA　天草四郎の話でしょ。
オスカワ　え？　わかった？
M－WA　はい。
オスカワ　そ、最後にね、天草四郎が満面のほほえみで秘密を告白するんだ。その話を君に捧げる。この大成功を祝って。
M－WA　成功するってどういうことなんだろう。
ギャルソン　ＭＩＷＡ君、ここで成功するってすごいことなんだよ。
安藤牛乳　でもピンとこないのよ。
ギャルソン　ここのシャンソン歌手は、エリートばかりさ。因みに僕は音楽大学を首席で出た、カムケド・ギャルソン。
ジュルルデ・ツーヤク　僕は、副業でフランス語の通訳もやる歌手、ジュルルデ・ツーヤク。
ギャルソン　あの女性歌手も、先週、キューバから帰って来たばかりだ。
M－WA　え？　あ？
負け女　やあ。
ジュルルデ・ツーヤク　なんだっけ？　名前。
負け女　チャチャチャチャ・マンボ。
半・陰陽　ねえ、あなたにこの『倫巴里』とこの歌手たちをあげる。

ＭＩＷＡ　どういうことですか？
半・陰陽　あたし、酔っ払っちゃったのよ。
ＭＩＷＡ　何に？
半・陰陽　この世に、だからこの店をお任せしたいの、どうにでもして。
ギャルソン　実はオーナーは、これから映画を作るのに専念したいんです。
ジュルルデ・ツーヤク　でもせっかく灯ったシャンソンのふるさと『倫巴里』の灯も消したくはない。
半・陰陽　私ね、銀幕の世界をプロデュースするの。すごい俳優を見つけたの。私と赤い糸で繋がっているのよ。その名も、赤絃繋一郎。
ＭＩＷＡ　赤絃繋一郎？
半・陰陽　いらっしゃい。
ＭＩＷＡ　あ。

姿を見せる、赤絃繋一郎の妹まりあ。

半・陰陽　この子がマネージャー。
赤絃まりあ　おかげさまで、兄は今、猛スピードでスターダムを駆け上がっています。

猛烈な、車のスピード音。

赤いスポーツカー（真っ赤な車のドアだけ）が急ブレーキで止まる。
赤絃繋一郎が降りてくる。
赤絃まりあ、マネージャーとしてふるまう。殺到するファンを手際よく遠くへ連れて行く。

MIWA　君が赤絃繋一郎？
赤絃繋一郎　何の用だい？
MIWA　ファンは大事にしておいた方がいいわよ。零落《おちぶ》れた時のために。
赤絃繋一郎　ファンなら、向うへ行ってくれ。

MIWA&安藤牛乳、向うへ行く。

赤絃繋一郎　ありがとう。
MIWA　何が？
赤絃繋一郎　向うへ行ってくれと言って向うへ行ってくれたファンは君が初めてだ。
MIWA　私は、ファンじゃないの。月夜の晩に、氷の下にいる人と話をしにきたの。
赤絃繋一郎　氷の下にいるのは僕かい？
MIWA　で、私が月下氷人《げっかひょうじん》。
赤絃繋一郎　誰との仲を取り持つつもりだい？
MIWA　あなたの妹さん。

安藤牛乳　でも私もちょっと惚れたかもしれない。
ＭＩＷＡ　え？
安藤牛乳　こんだけ長く、お前の体の中で暮らしていると、肉体的洗脳っていうのかしら。
赤紘繋一郎　君、すごく長い独り言をしゃべるんだね。
ＭＩＷＡ　あ、聞こえた？
赤紘繋一郎　で、仲を取り持つってどういうことだい？
ＭＩＷＡ　あなたの妹のためにここに来たの。
赤紘繋一郎　妹？
ＭＩＷＡ　君の妹さん、君が好きなんだ。
赤紘繋一郎　僕だって妹は好きだ。
ＭＩＷＡ　あなたの『好き』と妹さんの『好き』は違うの。
赤紘繋一郎　好きとスッポンほどに違うってこと？　あ、ごめん、僕、諺《ことわざ》が好きな『古き良きスター』なんだ。でもなんで月をスッポンと比べるんだろう？　カテゴリーが違いすぎる。スッポンにしたって、そんなところで引き合いに出されても困るよね、のんびり、のそのそしていたのに。
ＭＩＷＡ　君も独り言が多い方？
赤紘繋一郎　え？
ＭＩＷＡ　飼ってるの？
赤紘繋一郎　飼ってる？

MIWA　心の中にさ。
赤紘繫一郎　何の話だい？
安藤牛乳　わかってるよ〜。
赤紘繫一郎　独り言が多いのは、たぶん一人でいることが多いからさ。
MIWA　あんなに大勢の人に囲まれているのに？
赤紘繫一郎　魂が一人なのさ。
MIWA　え？
赤紘繫一郎　海に行かないか。
安藤牛乳　うわあ!?
MIWA　赤いスポーツカーで海に行く。
赤紘繫一郎　その諺は知らないな。
MIWA　うん。ありそうで、なかなかないことの喩《たと》えよ。

三人で、窮屈《きゅうくつ》に車に乗り込む、三人で前の席だから。

MIWA　夜風が頬にひやりとするわ。
安藤牛乳　それ夜風じゃない。ナイフだよ。
MIWA　……。
安藤牛乳　変態だよ、大スターにありがちな。

ＭＩＷＡ　え？
安藤牛乳　私たちに言われたくはないだろうけれど。
赤紘繋一郎　あ、間違えた。
ＭＩＷＡ　え？
赤紘繋一郎　右手とナイフを間違えた。
安藤牛乳　そんなわけねえだろ〜。
赤紘繋一郎　その恋は、禁じられた手だってこと？
ＭＩＷＡ　え？　なにが。
赤紘繋一郎　妹が兄を愛することさ。
ＭＩＷＡ　禁じられた恋なんてない。愛しているのなら、それはただ呼び方の問題よ。明日から、妹を恋人って言えるかどうかなだけよ。
赤紘繋一郎　昨日までなら、妹を恋人と呼んだかもしれない。
ＭＩＷＡ　どうして？
赤紘繋一郎　だって今日、僕は君に逢ってしまったから。明日から君を恋人って呼んでもいいかい？
安藤牛乳　え？　なにそれ、なにそれ。
ＭＩＷＡ　し！
安藤牛乳　それって、私に恋をしたってこと？
ＭＩＷＡ　ちょっと待てや〜！

安藤牛乳　え？

ＭＩＷＡ　（自分を指して）わたしでしょ、繫一郎は今、私に恋に陥《お》ちたの。

安藤牛乳　何よ、心狭いわね。二心同体でしょ。

ＭＩＷＡ　あんたなんかに『愛』の意味分からない。

赤絃繫一郎　確かに、僕は『愛』なんてものがわからない。すいませんでした。

ＭＩＷＡ　いやそういうつもりで……。

急ブレーキ音。潮騒。

海へ到着。月明かり。

赤絃繫一郎　夏の夜に、真白く大きな花を咲かせる花の名を知ってる？

ＭＩＷＡ　なに？

赤絃繫一郎　今の君。

ＭＩＷＡ　何て名前。

赤絃繫一郎　月下美人。

安藤牛乳　くー、もうわたしたまんない。

ＭＩＷＡ　うるっさい。

赤絃繫一郎　ごめん。

ＭＩＷＡ　あんたがいると台無し。

赤紘繫一郎　台無しか。
ＭＩＷＡ　ちがうの。
赤紘繫一郎　君は月下美人だけれども、言葉は氷のように冷たい月下氷人だ。
声　カット！

映画の撮影現場となる。
そのことで、ＭＩＷＡ＆安藤牛乳は消える。

半・陰陽　やっぱり、ぐっとくる、ぐっと。君、いいわあ。
赤紘繫一郎　誰だい？
赤紘まりあ　あ、半・陰陽さん。次の映画のプロデューサーさんよ。
赤紘繫一郎　次の？　もう次があるのか？
赤紘まりあ　だって、今の人気があれば、一年に百本だって主演できる。三日で一本俳優よ。
赤紘繫一郎　嬉しくないな。
半・陰陽　赤紘繫一郎君。
赤紘繫一郎　はい。
半・陰陽　これはね、戦後初の日仏合作映画なんだ。
赤紘まりあ　こちらがフランスの監督さん。
カントーク　ジュルジュルジュルジュル。

半・陰陽　通訳してさしあげて。
ジュルルデ・ツーヤク　はい。あ、僕、本業は、シャンソン歌手。『倫巴里』で歌っていたんだ。
赤絃繋一郎　『倫巴里』？　ああ、ＭＩＷＡがいる？
カントーク　ジュルジュルジュル。
ジュルルデ・ツーヤク　映画のタイトルは『天草四郎の耐えられない存在の分かりやすさ』。
半・陰陽　でも、時代劇です。
赤絃まりあ　フランスの監督さんなのに。
ジュルルデ・ツーヤク　男の友情を描く話だからだよ。
カントーク　ジュルジュルジュルジュルジュル。
ジュルルデ・ツーヤク　フランスは、友愛の国だ。
半・陰陽　あ、僕が説明しよう。僕が将軍家光。君は家臣であり友達、わかる？　友達の柳生友《とも》矩《のり》、カタ目の十兵衛の弟……。
赤絃繋一郎　あの、俺、あまり興味ないんですけど。
半・陰陽　ううん、すぐに興味出るから、出すから。
赤絃繋一郎　あの、この手は（いつしか、半・陰陽に手を握られている）説明に必要ですか？
半・陰陽　うん。家光が友矩にお願いするときの手。
ジュルルデ・ツーヤク　友愛の手だよ。
半・陰陽　きみ、ここで通訳はいらない。
ジュルルデ・ツーヤク　はい。

半・陰陽　（台本を読み、家光になりきって）実は、友矩、昨今、天草において、隠れキリシタンどもが反乱を起こした。（台本を渡して）あ、ここ読んで。友矩。
赤絃繫一郎　え？　はい。将軍様、存じあげております。その首領の名は、天草四郎時貞。前髪立ちの美少年と聞きます。
半・陰陽　やつを討て！
赤絃繫一郎　え？　四郎を？
半・陰陽　あ、君マネージャー？
赤絃まりあ　はい。
半・陰陽　この友矩の妹マリアの台詞を読んで。
赤絃まりあ　え？　はい……天草四郎といえば、幼き頃からの因縁で、兄上様がただならず、心通じ合った友ではありませんか？
赤絃繫一郎　その、四郎を将軍様は討てと。
半・陰陽　わかる？　てなわけで、（また繫一郎の手を握る）君は、ぼく、いや将軍家光と天草四郎の友情の板挟みになるという話だよ。
カントーク　ジュルジュルジュルジュル。
ジュルルデ・ツーヤク　友愛的だ、実に友愛的だ。
赤絃繫一郎　（台本を読み）そうだ、妹御《いもうとご》、四郎のやつ、お前のことも気にかけておったぞ。
赤絃まりあ　え？　なぜですか？　兄上様。
赤絃繫一郎　いや、お前と私の兄妹の仲をだ。

赤絃まりあ　え？

半・陰陽　いいね、それもらった。歪んだ男の友情から友矩を救うのは家族の愛だ。よし、じゃあクランク・イン！

舞台上の人々、去る。

変わって、そこは『倫巴里』。

沈黙。

MIWA　私にこの『倫巴里』が任されてからというもの、なんで、こんなにも静かになってしまったの？

ギャルソン　化け物ガラスの代わりに、閑古鳥が飛んでます。

チャチャチャ・マンボ　（能天気に）やはり、半・陰陽さんあっての『倫巴里』だったのかしらね〜。

ギャルソン　僕、今まで通り歌っているのに。

MIWA　今まで通り歌っているからいけないんじゃないの？

ギャルソン　え？

安藤牛乳　そう！　エリート歌手って、棒立ちで歌うじゃない。

ギャルソン　そんなことないよ。みてごらん。

ギャルソン、一瞬、歌って見せる。うまいが棒立ち。

安藤牛乳　きれいな棒だわ。

ＭＩＷＡ　この棒たちを、どうすればいいんだろう？

ＭＩＷＡ、目をつむり、考え始める。
オスカワアイドル、登場。

オスカワ　ごめん、来た。また、来た。だが、僕の顔とこの拵《こしら》えに免じて、再び聞いてくれたまえ。

ギャルソン　何をですか？

オスカワ　執筆中の『満面の告白』の続きだよ。

チャチャチャ・マンボ　ああ、天草四郎の話？

オスカワ　君たち！　『隠れキリシタンの反乱』て言葉どうなの？

ギャルソン　どうなのって言われてもなあ。

オスカワ　だって、確かに、それまでは隠れてはいたんだろうけど、俺らはキリシタンだったんだあ〜って言ってるときはもう隠れてはいないじゃないか。だからただのキリシタンの乱でいいじゃないか。

チャチャチャチャ・マンボ　はあ。

オスカワ　だから『隠れキリシタンの』という言葉の裏に隠れているのは、本当はもっと別の種類の人間たち、隠れ隠れキリシタンなんだ。
MIWA・安藤牛乳　（船をこぎ始める）
オスカワ　では、誰が、隠れキリシタンという言葉に隠れていたと思う？　それこそまさしく、当時の同性愛者だった。つまり、あれは、美少年天草四郎を慕い、原城《はらじょう》に立てこもった同性愛者たち。『愛の罪人』たちの物語。そして、原城が幕府軍の総攻撃を受ける、奇しくも二月二十六日、天草四郎は、皆を呼び集め、満面の笑みを浮かべ告白する『我こそが』……どう面白い？
MIWA・安藤牛乳　（完璧に鼾《いびき》をかいている）
オスカワ　僕は、人に笑われてもいい。僕は、僕に笑われたくないだけだ。
MIWA　それだわ！

今まで目をつむり黙想《もくそう》していたMIWA。カッと目をみひらき、

オスカワ　ん？
MIWA　ヘアピンが落ちる音が、世界を駆け巡る。
オスカワ　え？
MIWA　オスカワさん、そのカッサンドラーの予言、いただいてもよろしいかしら？
オスカワ　いいよ。

ギャルソン　何を始める気だい？

ＭＩＷＡ　『天草四郎の乱』をショーにするの。オスカワさんの『満面の告白』を。いざ、出陣よ！　みんな厚化粧して！

チャチャチャチャ・マンボ　なに？　なに？

ＭＩＷＡ　罪を犯してもいないのに、謂《いわ》れなきことで隠れている愛の罪人たちをこの『倫巴里』という名の原城に呼ぼう。そして愛の歌を歌おう。

チャチャチャチャ・マンボ　え？　え？　え？　誰なの？

ギャルソン　いつの間に、そんな異形《いぎょう》の者たちがここに？

異形の者たちがそこにいる。

ＭＩＷＡ　私が呼んだの。

ギャルソン　でもシャンソンの殿堂の地にこんな奴らを。

ＭＩＷＡ　こんな奴らだからこそよ、異形の者こそ、新しい大地を拓《ひら》くわ。

チャチャチャチャ・マンボ　だったら、キューバ帰りの異形の者もその反乱に加えて。

オスカワ　あ、僕もね、原作者として、ショーの途中のどこかで、必ず腹を切らせてもらえるかな。

安藤牛乳　どけ！

オスカワ　え？　なに。

安藤牛乳 ここが愛の罪人の隠れ砦になるのなら、俺の出番。これが満面の笑み。俺に告白させろ。
オスカワ MIWA君の顔色が変わったよ。
安藤牛乳 いざ原城、『満面の告白』だ!

お小姓《こしょう》ショー『満面の告白』のオープニング。
天草四郎として、歌い踊るMIWA&安藤牛乳。
オープニングは、『負け負け(メケメケ)』というシャンソンで始まる。

安藤牛乳 この城を取り囲む、あの幕府軍の総司令官は?
ギャルソン 柳生友矩。
MIWA え?
ギャルソン どうした四郎。
安藤牛乳 (MIWAに)ひっこんでろ。
MIWA まさか、あいつと太刀《たち》を交えることになるとは。
ギャルソン そもそも誰が、この愛の罪人たちへの弾圧を始めたんだ?
チャチャチャチャ・マンボ 将軍家光直々の命令だ。
ギャルソン どんな命令?
チャチャチャチャ・マンボ ちゃんとしろ!

オスカワ　（原作者として台本をもっている）だが、家光の柳生友矩への恋心はあまりにも知られているではないか？　なぜにそんな将軍が衆道《しゅどう》の道を禁ずる……ここ、大事だよ。
安藤牛乳　自分のことを隠すために人を抑えつける、それはあまりにも世の常だ。
オスカワ　近いものの憎しみほど酷《むご》い結末を迎える……ここも、大事ね。
安藤牛乳　あんた、誰？
オスカワ　ＭＩＷＡ君、カッサンドラーだよ。
安藤牛乳　ほんとだ、外を見ろ。
ギャルソン　何だあれ。
チャチャチャチャ・マンボ　トロイの木馬だ。
オスカワ　一応、カッサンドラー言っとくよ、『あの木馬を城内に入れてはならない！』どうせ誰も聞かないけど。
ギャルソン　あのトロイの木馬の中には、何が入っているんだ？
オスカワ　家族愛だ。
一同　きゃあー！
オスカワ　愛の罪人たちほど、家族愛に弱い。敵はそれを知っている。
チャチャチャチャ・マンボ　どうしたギャルソン。
ギャルソン　母さんが恋しい。僕がどんな姿に隠れたなんであろうと母さんだけは許してくれる。わかっていたのに故郷を捨てた。それが申しわけない。

逃げ込んでくる人々。

チャチャチャ・マンボ　またここに、隠れキリシタンに隠れた罪人が逃げ込んできました。
安藤牛乳　隠れ隠れキリシタンか。
隠れ隠れ1　踏めなかった、どうしても踏めなかったんだ。
隠れ隠れ2　くそ〜、この世に、誰もが踏める踏絵があればいいのに。
ギャルソン　そんな絵があれば、われわれも罪人扱いされずに済む。四郎様、そんな踏絵をいただけませんか。
安藤牛乳　いや、そういう繊細なものは、私には……。
MIWA　（安藤牛乳を押しのけて）その絵ならば、もう私が描いた。
ギャルソン　え？　どんな絵？
MIWA　真白き砂の上を誰もが踏みたくなるように、まだ何も描いていない真白きキャンバス。それこそ、誰もが踏みたくなる踏絵なんだ。でもね、それに気が付いた時はもう遅い。誰もが何かを描き始めている。

重低音が聞こえ始める。

MIWA　そして、あの日、それに気が付いた僕は家に真白きキャンバスを取りに帰った。
ギャルソン　あの日？

MIWA　一瞬にして、その真白きキャンバスに、僕の『目の前』の焼け爛《ただ》れた景色が焼き付いた。以来、一度も、その絵が僕の脳裏から離れたことはない。誰もが踏めるはずの踏絵は、その日から、誰も踏めない踏絵に変わった。あの景色を『目の前』でだれが踏める？　そして、あの踏絵を思えば、この世に私が踏めない踏絵なんてない。くだらない。誰が誰を愛そうが、人が人を愛することに変わりないじゃない。

ギャルソン　僕、僕、そう言われて、本当に心が軽くなりました。今からでも、このまま、家に戻って満面の微笑みで告白しようと思います、僕は同性愛者だ〜って。

チャチャチャチャ・マンボ　うん、行きたいのなら行け。

オスカワ　いや、まだこの城の外は、君らが思っているほどには、甘くはない。その扉を開けてはならん。

ギャルソン　行かせてください。

オスカワ　いいえ、これはまだ孤高のショーであれ。外に向かって扉を開ける時ではない！　どうせ私の言葉などだれも聞いちゃいないけど！（腹を切ろうとするが、タイミングを逸する）

チャチャチャチャ・マンボ　ギャルソン、つっこめ！

　　ギャルソン、『倫巴里』の店の扉を開ける。

ギャルソン　え？

オスカワ　ほら、言わんこっちゃない。トロイの木馬に潜んでいた家族愛が姿を見せた。

ギャルソンの家族がその扉から入って来る。
しかつめらしい顔をした家族。
MIWAをのぞいて、人々、反転。

ギャルソンの祖母（半・陰陽）　会社へ行ったんざんす。そしたら、ギャルソンちゃんがいないじゃないの。
妹　お兄ちゃん、どういうことなの、その恰好は？
弟　ギャルソン兄さん、なんて姿だい。
祖母　これはマサコさん、あなたの教育の成果なんざんすか？
母　この子の趣味です。
祖母　趣味？　これが趣味？　男がスカートをはいて、口紅を塗って、ぴらぴらぱらぱらするのが趣味～。
妹　おばあちゃん、ぴらぴらぱらぱらって……。
祖母　いいえ、どうせそんな汚らわしいことをしているんざんす。
MIWA　みなさんはそれぞれ、どういうご関係の……。
祖母　祖母です。
父　父です。
弟　弟です。

妹　妹です。
母　母です。
ＭＩＷＡ　私には、ギャルソンとあなた方がそんなに変わらないように思えるんですが。
祖母　変わらない？　どういう意味？
安藤牛乳　いや、だから。おたく。
祖母　何？
安藤牛乳　女ですよね。
祖母　当たり前でしょう失礼な。
ＭＩＷＡ　誰もがそうだと信じている、それだけ。
祖母　お前が変態の親玉か！
ギャルソン　この人は関係ない。帰るか、ここにとどまるか、一人で考えさせてください。
父　どこにとどまるんだ？
ギャルソン　この天草の乱にです。
父　何言ってんだか。
祖母　マサコさん、あんた母親としてこの子に言うことないの？
ギャルソン　母さん（母に両手を伸ばす）。
母　この子は、子供の頃から四つ葉のクローバーなんかを集めて……気色が悪かった。
ギャルソン　僕、気色が悪かったですか？
母　ずっとね。

ギャルソン　……隣の部屋で考えてきます。

祖母　考えるも何も、道は一つ、わが蒲生《がもう》家に帰り、正常な精神と体を持った女性を嫁に取ることです。わかってるの？

男が駆け込んでくる。

男　ギャルソンが、首をつった。

間。

安藤牛乳　おい、母親！

母　え？

安藤牛乳　お前が、最後にわが子に吐いた言葉を忘れるな。おめえが殺したんだ実の子を。

ＭＩＷＡ　やめろ、安藤牛乳。

安藤牛乳　ざまあみやがれ！　てめえたちは、てめえの息子を殺したんだ。

ＭＩＷＡ　私の中で、化け物が暴れ出した。

安藤牛乳　隠れるな！　隠れるな！　キリシタンの姿などに。まずは、俺が告白してやる、これが満面の笑み。そしてこれからが、満面の告白だ。われこそが、天草四郎時貞。そのなり、その風体は、故あって、男なりしが……。

ＭＩＷＡ　心は女。
安藤牛乳　ひっこんでて！　男なりしが心は女、その因果を、実の母親になじられて、母を殺して
この城へ、流れ込んだるが、この四郎時貞だ！
警察官１　天草四郎が自白した……。
警察官２　天草村で起こった母殺しの下手人だ！
警察官たち　逮捕しろ！　逮捕しろ！
隠れ隠れ１　うわあ、外を見てみろ。
隠れ隠れ２　あ、警察に囲まれている、なんで？　なんで？
ＭＩＷＡ　すべてがショーです。すべては『机の上』で考えだされた反乱なんです。
安藤牛乳　これは目の前の反乱だ。
隠れ隠れ３　つづけ、つづけ、天草四郎に続け。
隠れ隠れ４　そうだ！　おそれるな、ジュディ・ガーランドが好きかあい？
隠れ隠れ一同　お〜！
隠れ隠れ５　ジュディ・ガーランドこそ、われらの聖母マリア様だったあ。
安藤牛乳　今まさにヘアピンが落ちる音が、世界を駆け巡るぞ！

大喝采と大ブーイング。
大騒乱の中、美輪明宏の『群衆』が流れ、ショーが終わっていく。
警察が猛烈な勢いで入って来る。

逮捕されるゲイもいる。
賞賛と批判、真っ二つ。

クリティック1 シャンソンへの冒瀆《ぼうとく》だ。
クリティック2 『倫巴里』をめちゃくちゃにした。
クリティック3 シャンソンは音楽大学を出たエリートの歌うものだ。
クリティック4 ゲイにシャンソンの心がわかるわけがない。

去る、シャンソン評論家たち。

オスカワ 気にするな。大いにやりたまえ。人々の喝采だけ聞きなさい。そしてたとえ、『倫巴里』からまた再び客が、消え去っても、僕は一番のファンだから。ただ、あれなんだよね、何度か、切腹できそうなチャンスを狙ったんだけれども、だめだった。またね、またね。
MIWA オスカワさんも、反乱の話が好きでいらっしゃいますね。
オスカワ ああ。
MIWA でも『目の前』と『机の上』はちがうんですよ。
オスカワ え？
MIWA 『目の前』で反乱をしなくてはならない人間と『机の上』で反乱を楽しんでいる人間とは違うんです。

オスカワ　わかってる。『目の前』を現実とよび、『机の上』を妄想と呼ぶんだ。『目の前』も『机の上』も、すぐそこにあるのにね。
ＭＩＷＡ　オスカワさん、それを見間違わないで下さいよ。

大騒乱がストップとなる。

そこからＭＩＷＡが抜け出して、赤絃繋一郎に会いに行く。

そこは、赤絃繋一郎の控室となる。

ラジオを聞いている赤絃繋一郎。

「本日未明、中央区銀座にある、シャンソンの殿堂『カフェ倫巴里』に、姿かたち常軌を逸した同性愛者たちが集結し、警官隊と衝突。一時騒然となりましたが、騒乱罪により一斉検挙され、現在……」

赤絃繋一郎　いつも裏通りの楽屋裏の裏口からでごめんね。
ＭＩＷＡ　子供のころから、裏口の方が落ち着くの。
赤絃繋一郎　聞いたよ。ニュースで。君は本物だ、本物の化け物だ。
ＭＩＷＡ　ありがとう、繋ちゃんに褒められるとうれしい、化け物振りも上がるってものよ。
赤絃繋一郎　でも俺は『目の前』の反乱にも加われなければ、『机の上』の反乱にも本気になれない、いつも俺は、傍観者だ。
安藤牛乳　でもずるくない？　こういう逢引。

ＭーＷＡ　し！
安藤牛乳　人には隠れるな！　前へ出ろって、この天草の乱を盛り上げて、いざ、自分の恋人と逢引する時は、こそこそ、こそこそ会ってさ。
ＭーＷＡ　いいのよ、どうせあたしは化け物なんだから、それもあんたのおかげで。
安藤牛乳　え？　俺？　俺にふる？
ＭーＷＡ　あたしだけなら、なんてことはないの。あんたが問題なの。こうやって、この人の隣にあんたがいる姿を見られでもしてごらんなさい。この人までが物笑いの種になるのよ。
安藤牛乳　おまえもさ、男としてずるくないか。
ＭーＷＡ　ちょっと、蟻さんの声で喋ってくれるかな。
安藤牛乳　俺の声は、お前の声でもあるからな。
ＭーＷＡ　聴かれたくないの、その声。
赤絃繋一郎　今、僕を独り言で、激しく非難していたよね。
ＭーＷＡ　気にせんでよか。
赤絃繋一郎　……ヴィンセント・ヴァン・ゴッホって言った？
声　シーン69。本映画の大詰めのシーンです、みなさん、スタンバイお願いします。
ＭーＷＡ　ほら、次のシーンよ。
赤絃繋一郎　ああ。
ＭーＷＡ　また、裏から来るわ。クランク・アップの日に、バラの花束を持って。

去る、と見せかけ安藤牛乳だけが戻って来る。

赤紘繫一郎　あれ？　戻って来たの。
安藤牛乳　そう、やっぱり、あなたが気になって。
赤紘繫一郎　朝早く起きて撮影所に来て、昼飯食う間もなく仕事をして、夜にはくたびれ果てて、気づけば棺桶の中ででも眠っているみたいだ。ただ、朝になると、またその棺桶から抜け出している、そこだけが死人と違うところだ。
安藤牛乳　どうしたいの？
赤紘繫一郎　……死にたい。
安藤牛乳　死にたいの？
赤紘繫一郎　ああ。
安藤牛乳　じゃあ死んじゃう？
赤紘繫一郎　え？
安藤牛乳　あ、こんなところに棺桶がある。どうぞ。
赤紘繫一郎　あ、ありがとう。
安藤牛乳　ここに置いておくから、いつでも使って。
赤紘繫一郎　ああ、寝床にするよ。そこから朝起き出して来たら、生きてる。出てこなかったら、花に嵐だ。

赤絃繋一郎、去る。
ＭＩＷＡと安藤牛乳の別の場。

安藤牛乳 ただいま。
ＭＩＷＡ どこに行ってたの？
安藤牛乳 え？　何？
ＭＩＷＡ あんた、近頃、ひとりで繋一郎の周りをうろうろしていない？
安藤牛乳 え？　してないよ。
ＭＩＷＡ 繋一郎が、棺桶の中で眠っているって、噂が立ってるんだけど……。
安藤牛乳 あ、それ噂じゃないと思う。
ＭＩＷＡ え？
安藤牛乳 いや、ないない、俺じっとしてたから、体内で。
ＭＩＷＡ 棺桶をベッドにするなんて思いつくの、あんたくらいしかいないよね。
安藤牛乳 でもこのぬくぬくとした恋は、君の為にならないんじゃないかと思って。
ＭＩＷＡ 繋一郎との仲を裂くつもりなの？
安藤牛乳 化け物には化け物の愛があるんじゃないか？
ＭＩＷＡ お前がいるから化け物扱いされてきたんだ。いなけりゃ、私はただの女、ただの女でいられるんだよ。
安藤牛乳 只の女かも知らんばってん、俺がおらんかったら、二つの声を持つシンガーにはなれなかったばい。よかよ、出て行っても。ばってん、あんたから歌が消えるばい。歌と恋、どっちば選ぶと？

MIWAから、ボストンバッグが、安藤牛乳に向かって投げられる。

安藤牛乳　恋ば選ぶってこと、それって一人で恋に走るってこと？

MIWA　そして歌うわ。

場面が映画撮影現場に変わる。

カントーク　ジュルジュルジュルジュル。

ジュルルデ・ツーヤク　最後のシーンだ。柳生友矩は、ついに原城の攻略に成功する。そして攻め入った城の中で、死に瀕した天草四郎を見つけだす。だがそれは、天草四郎の影武者だった。

赤紘繋一郎　え？　影武者なんですか？

半・陰陽　そうなのよ、そこが、この映画のアバンギャルドなところなの。

影武者役　あ、天草四郎の影武者です。よろしくお願いしまあす。

半・陰陽　（手を握り）でね、これはそれが影武者とも知らず、友矩が天草四郎に詫びる場面なの。

カントーク　（半・陰陽を制して）ジュルジュルジュルジュル。

ジュルルデ・ツーヤク　だが、友矩は影武者の中に、本物の天草四郎を見つけるんだ。
赤紘繫一郎　はい、見つけます。思います。天草四郎のことを。
半・陰陽　でもね、友矩は、将軍家光のことも思っているからね。
ジュルルデ・ツーヤク　シーン69、テイクワン、スタート！

映画の撮影が始まる。
ＭＩＷＡが出てきて、天草四郎の影武者と入れ替わる。

赤紘繫一郎　君にわびなくてはならない。
ＭＩＷＡ　え？
赤紘繫一郎　僕もここで君と死のう。
ＭＩＷＡ　だめだ、君は生きろ、天草四郎の首を取った男として。
赤紘繫一郎　そんなことができるか。僕もここで君と果てるんだ。僕は、総司令官として無能だった。
ＭＩＷＡ　蜘蛛《くも》はなぜ、懸命に糸を張り巡らす？　ほかのことには不器用でも生きることには抜け目がない。全く役に立たないような生き物でも、自分自身を見捨てはしない。生きろ（ガクッと、こときれる）。
赤紘繫一郎　僕は死にたい、僕も君と死にたい。
ジュルルデ・ツーヤク　カット！　カット！

蓆《むしろ》を取ると、ＭＩＷＡではない。映画での天草四郎の影武者役の役者に替わっている。
ゆえに、ＭＩＷＡは消える。
赤紘まりあ、現れる。

赤紘まりあ 兄さん。
赤紘繫一郎 え？
赤紘まりあ 行きすぎはだめよ。
赤紘繫一郎 どういうこと。
赤紘まりあ これは、男の友情を描く物語よ。だからね。それ以上はだめよ。
赤紘繫一郎 それ以上ってなんだよ。
赤紘まりあ だいたい、誰を思ったら、そんなに盛り上がれるのよ？
赤紘繫一郎 何の話をしているんだ。
赤紘まりあ 同性愛者だなんて思われてごらんなさい。ふつうの会社員だったら、即刻、明日よりの出社御無用って言われるのよ。
赤紘繫一郎 怒ることはないだろう。
赤紘まりあ マネージャーとしては怒るよ。でも妹としては嫉妬しているのよ。
赤紘繫一郎 え？

赤絃まりあ、移動することで、赤絃繫一郎、消える。

赤絃まりあ　というわけなんです、ＭＩＷＡさん。
ＭＩＷＡ　なあに？
赤絃まりあ　兄と、いえ、赤絃繫一郎としばらく、会うのをやめてもらえませんか？
ＭＩＷＡ　え？
赤絃まりあ　知ってますよ。密会していること。ご存知のように、スターとして絶頂の時です。
ＭＩＷＡ　お兄さんを愛しているのね。
赤絃まりあ　マネージャーとして、です。
ＭＩＷＡ　……会わなければいいのよね。
赤絃まりあ　はい。
ＭＩＷＡ　私に愛してはいけないと言ってるわけじゃないのよね。
赤絃まりあ　もちろんです。誰かを愛してはいけないなんて、言うだけ無駄です。だって、もう愛してしまっているのだから。
ＭＩＷＡ　それは、妹としてしゃべったわね。
赤絃まりあ　え？

間。

赤絃まりあ　私に兄さんをください。
ＭＩＷＡ　なに、急に。
赤絃まりあ　兄さんが欲しいんです。そのことが今わかりました。昔、ＭＩＷＡさん、私に言ってくれたじゃないですか。無理な愛なんてない。
ＭＩＷＡ　それとこれとは別だわ。
赤絃まりあ　ください。
ＭＩＷＡ　いやだよ。
赤絃まりあ　ください。

赤絃繫一郎、出てくる。

ＭＩＷＡ　あ、繫一郎！
赤絃まりあ　兄さん！

そう言って、二人、おもわず、繫一郎に近づいた弾みに腕をとる。

ＭＩＷＡ　じゃあ、こうしてはどう？　二人で繫一郎の腕を引っ張り合って、腕を引っこ抜くほど引っ張った方が、持っていくっていうのは。
赤絃まりあ　駄目よ、あたしその結末知ってるもの。

ＭＩＷＡ　なに。
赤絃まりあ　力を抜いたやさしい方が、本当の恋人だっていう話でしょう？
赤絃繫一郎　それでいい。
赤絃まりあ　え？
赤絃繫一郎　二人で俺を引っ張ってください。俺を両方からひっぱって、引き裂いてください。
ＭＩＷＡ　引き裂く？　アンドロギュヌスのように？
赤絃繫一郎　俺は、本当に、引き裂かれるぐらいで、ちょうどいい人間なんです。
ＭＩＷＡ　あんたは自分を壊したいの？
赤絃まりあ　私に兄をください。
ＭＩＷＡ　畜生《ちくしょう》、この世で、禁じられている愛同士が引っ張り合っている。ただ二人の女が男を引っ張っているだけなのに。辛いね。いつもなら、あなたに加勢《かせい》をしてあげたいけれど、今日は譲れないよ。
赤絃まりあ　あたしもです。
ＭＩＷＡ　誰が憎いわけでもないのに、愛って辛いね。
赤絃まりあ　辛いです。
ＭＩＷＡ　でも、だから、生きられるんだよね。
赤絃まりあ　はい。

間。

ＭＩＷＡ　いいよ。
赤紘まりあ　なんですか？
ＭＩＷＡ　もう私が、その引っ張る手を緩めたってこと。
赤紘まりあ　そんなこと言って、この人の心を射止めようと思ってはいませんよね。
ＭＩＷＡ　思ってないよ、たぶん、母だもの。
赤紘まりあ　母の無償《むしょう》の愛、なんて気持ち悪いことやめてください。
ＭＩＷＡ　そうね、あれはうそだよ。無償の愛は逆よ。子供が母に与えている愛のこと。今わかった。なんで、子供はあんなにも「どうでもいい」母を愛するのかしら？
赤紘まりあ　え？　どういうこと？
ＭＩＷＡ　……ありがとう、繫ちゃん。これでいいのよ、あんたどうせ自分一人では何も決められないんだから。
赤紘繫一郎　これでいいわけはない。それだけはわかるんだ。

赤紘繫一郎、一人去る。

ＭＩＷＡ　ごはんはちゃんと食べるのよ、それと……。
赤紘まりあ　ありがとうございました。

赤絃まりあ、追って去る。

赤絃繫一郎　俺、星とスッポンっていう諺ならわかる気がする。俺はスターじゃない。本当は、スッポンのようにのんびりのそのそしていたいんだ。早くこの仕事をやめて、南米にでも行こう。

赤絃繫一郎と赤絃まりあが、遠景となり。
『ボン・ヴォワヤージュ』の唄。
ＭＩＷＡが美輪明宏の声で歌う。

やめてよ無理した　悲しそうな顔は
私と別れるための
恨んじゃいないの　ただ哀れんでるだけ
あんたと結ばれる人を
ボン・ヴォワヤージュ
あなたなしでも　太陽は照るもの
あなたなど今はもう　愛しちゃいないの
もう帰って来ないでね

車の激しい衝突音。
そこに横たわる赤紘繫一郎。

赤紘まりあ　兄さん……。

ＭＩＷＡが、途中で歌えなくなる。
ラジオ放送が、赤紘繫一郎の交通事故死を伝えている。
「本日午後12時20分頃、東京都調布市日活撮影所で、撮影の休憩中に、赤いゴーカートを運転していた、人気俳優赤紘繫一郎さんが、壁に激突する事故を起こし、病院に運ばれましたが、まもなく亡くなりました。尚、赤紘繫一郎さんの遺体は、現在、残された家族の手によって……」

ＭＩＷＡ　私は、男に生まれた。ただそのことだけで十字架を背負わされた耶蘇《やそ》となった。耶蘇は十字架を背負って、何度崩れ落ちて、そして立ち上がったんだったかしら？　いつもここに来る。あの日の長崎の街に。ねえ安藤牛乳……こんな日に限って、安藤牛乳、お前はいつもいなくなる。いなくなって、私から歌を奪う。

オスカワ、楽屋に入って来る。

オスカワ　歌えなくなったって、本当かい？
ＭＩＷＡ　え？　ええ。
オスカワ　僕も肖像画を下ろした。
ＭＩＷＡ　なぜ。
オスカワ　この前君が呉《く》れた忠告通りに、僕は、『机の上』を離れることにしたんだ。
ＭＩＷＡ　どういうことですか？
オスカワ　君が歌を歌えるようになった時にまた来て話すよ。それより、君こそこんな時は、海の底へもぐればいい。失くした宝が見つかるから。

オスカワ、去る。

ＭＩＷＡ　もう、そうしよう、妄想の海の底ひでもう、そうしよう。

海の底へ。
扉が突然、バーンと開き、ボストンバッグを持って、戻って来る安藤牛乳。シャカシャカと戻ってきて、一方的にまくし立てる。

ＭＩＷＡ　え？
安藤牛乳　どうしたの？

ＭＩＷＡ　なにが？
安藤牛乳　もどってきた。母さんのことを歌おう。僕らを生んだわけでもないのに。育ててくれた母さんの唄だ。
ＭＩＷＡ　なんだよ急に。
安藤牛乳　行くぞ〜！　おっかちゃんのためな—ら、え〜んやこ〜ら。
ＭＩＷＡ　こどものためな—ら、え〜んやこ〜ら。
ＭＩＷＡ・安藤牛乳　もうひとつおまけに、え〜んやこ〜ら。
安藤牛乳　臣吾、世話になったね、ありがたかったばい……あ、このＣＤもらっていくね。

妄想の海の底から海に出た音。
『ヨイトマケの唄』を歌うＭＩＷＡ。

どんなきれいな　声よりも
僕をはげまし　慰めた
母ちゃんの唄こそ　世界一
母ちゃんの唄こそ　世界一

大喝采。コンサート終了。
ふたたび、絶頂の楽屋の景色。

沢山の人々が訪れては花を置いていく。
扉の外に一つの影。

MISHIMA　歌声が戻りましたね。
MIWA　おかげさまでこうしてまた、歌えるようになりました。オスカワさん。
MISHIMA　いえ僕は三島由紀夫と言います。
MIWA　三島さん？　あ、ごめんなさい。はじめまして。
MISHIMA　はじめまして。
MIWA　どうぞ、お入りになって。
MISHIMA　いえ、今日はここでいいんです。今まで、僕の体に住んでいたアンドロギュヌスがお世話になりました。
MIWA　あなたのアンドロギュヌス？
MISHIMA　オスカワアイドルは僕の中の化け物だったんです。でも、さようならを言いに来ました。あいつに代わって。
MIWA　あなたのオスカワアイドル、どこへ行ったんです？
MISHIMA　これから市ヶ谷の方に行くんです。
MIWA　罪を犯しに？
MISHIMA　いえ、予言ですよ。でもどうせ誰も信じないんですがね。さようなら。
MIWA　さようなら……（ハッと気が付く）。

ＭＩＷＡ、ラジオのスイッチを入れる。

「本日昼過ぎ、東京市ヶ谷にある自衛隊東部方面総監部に、作家のオスカワアイドルこと雄川偶像45才が乱入し、人質をとり立てこもり、バルコニーに立ち演説したのち、割腹自殺をしました。当時現場にいた自衛隊員によれば、『演説は意味不明で、誰も聞いていなかった。野次と怒号に掻き消され……』」

三島由紀夫の『檄文』の演説が、遠くに聞こえてくる。

ＭＩＷＡ、ラジオを消す。


ＭＩＷＡ　なぜ？

楽屋の扉が叩かれる。

半・陰陽がそこにいる。

半・陰陽　ごめんなさいね。『倫巴里』は、今年の暮れで、店を閉じようと思うの。
ＭＩＷＡ　え？
半・陰陽　そうなのよ。
ＭＩＷＡ　はい。
半・陰陽　あら、なぜって聞かないの？

ＭＩＷＡ　死んでいく人間に、なぜって聞いて、生き返った人はいないもの。
半・陰陽　あら、「『倫巴里』の役目はもう終わったから」っていうありきたりの答えを用意していたんだけど、じゃあね。

半・陰陽、去る。
また、扉が叩かれる。
安藤牛乳が立っている。
しかし、いつもと姿が違う。金髪のアンドロギュヌスではない。原爆が落ちた日の安藤牛乳に似ている。

ＭＩＷＡ　安藤牛乳？　帰って来たの？　どうせ行くとこなんかないって知ってるんだ……おいで、また私と歌を歌おう。

安藤牛乳、無言のまま、部屋に入り次第次第にそこへ頽《くずお》れていく。
青年刑事がゆっくりと部屋に入って来る。

ＭＩＷＡ　どなた？
青年刑事　覚えてませんか？　青年刑事ですよ、ぴかどーんがあった日にお会いした。
ＭＩＷＡ　まったく年を取っていないのね。心が老けたままだわ。

青年刑事　ええ、ずっと、あいつを追い続けていましたから。

ＭＩＷＡ　あいつ？

青年刑事　安藤牛乳屋の倅《せがれ》ですよ。人殺し。

ＭＩＷＡ　ああ。もう、ここを出て行ったわよ、とっくに。

青年刑事　はい、わかっています。

ＭＩＷＡ　わかってる？

青年刑事　ついに見つけましたから。

ＭＩＷＡ　見つけた？

青年刑事　路上で死んでいました。何十年と、あなたの付き人をなさっていたんですよね。亡骸《なきがら》と所持品を引き取りに来てください。

ＭＩＷＡ　所持品って。

青年刑事　小さなボストンバッグです。中に、あなたのＣＤが入っていました。

検死官が二人、路上に倒れたままの安藤牛乳を、棺に入れて去る。

ＭＩＷＡ　私聞いてなかった、安藤牛乳は、誰を殺《あや》めたんですか？

青年刑事　母親だ。首を絞めた。よっぽど母が好きだったんだ。その母親に、なじられたのさ、男を愛していることを。

間。

MIWA　安藤牛乳が死んだ。……あの子は私のなんだったんだろう。あの子？　ああ、私だけが歳をとって、あの子だけはあの子のまま。あの子は私の子供だった。まただ、どうして現実という名の『目の前』は、私をこんなにしたたかに打ち続けるんだろう。ねえ、安藤牛乳……ああ、いないんだったね……。でてこ〜い、アンドロギュヌス！　私の中から。表に、でてきてくれ。でてこないというなら、ほら、私がアンドロギュヌスになってみせる。それだけさ。

鏡の前で、今までのアンドロギュヌスの姿に、扮装していく。扮装しながら、話し続ける。

MIWA　……わかっている。また私に、あの街を歩けというんだろう？　『目の前』で、馬車引きのおじさんが大やけどをし、油でいられたポップコーンのように、飛び跳ねている。そのそばで、馬はどたっと横になって、焼けただれて生きている。だがそれはたったひとつの『目の前』。その十万倍の人々の『目の前』が、焼け爛《ただ》れていた。逃げ込んだ防空壕の『目の前』には、焼け爛れた人が担ぎ込まれ溢れかえっている。焼け爛れた母が「みんな娘をとめてくれ〜」と叫ぶ。焼け爛れた娘が『目の前』で「いいえ、あの人を死なせて生きられるわけがない」と叫ぶ。そしてまた『目の前』で、たくさんの真っ黒こげの火箸のような手が、焼け爛れた娘を取り押さえる。押さえた腕の肉が『目の前』でずるずるとずるむけていく……また、あの街を歩けということね？……うん、あれに比べれば、この、私の「子供」の死だって、何でもない。そう思って生きろと言っているのね？　あの踏絵に比べれば、こんな踏絵、簡単に踏める。死んでたまるか、こんなことで死んでたまるものか、まろび、ころげ、よろめき、立ち上がり、また倒れる……でも、もう立てない。なんで、こんなにも幾たび、私の『目の前』だけで愛した人が死んでいくんだろう。もう立てない……。

間。

そして、ＭＩＷＡは、立ち上がる。
その姿は、原爆の街でぽつねんと座っていた、あの時のアンドロギュヌスと同じ姿。
やがて、ＭＩＷＡ、縄を鴨居にかける、首吊りのぐるりをつくる。
ＭＩＷＡ、見上げる。
と、ドアのノックの音がする。
松葉杖の少女が入ってくる。
一気《いっき》呵成《かせい》に喋る。

松葉杖の少女　すいません、すいません、すいません。
ＭＩＷＡ　誰だったかしら？
松葉杖の少女　新人の、アマリ屋まりあです。せっかくいただいたマリアの役なのに妊娠してしまいました。その上、足まで骨折して、一本足の孕んだマリア。私、死にたいです。死にたいです。本当に死にたいです。

ＭＩＷＡ　大丈夫よ。人が死にたいと思っている時のことなんて、すぐ忘れられるから。ね。
松葉杖の少女　でもこのお腹で、舞台には出られません。
ＭＩＷＡ　お腹の中に、逃げてきた人を匿《かくま》っていると言いなさい。あんた、本当に舞台に立って歌が歌いたいんでしょう？
松葉杖の少女　はい。
ＭＩＷＡ　だったら、その松葉杖のまま歌いなさい。
松葉杖の少女　でも、どう見ても変です。
ＭＩＷＡ　どう見ても私の方が変よ。
松葉杖の少女　私……美輪さん、大好きです。
ＭＩＷＡ　一生、言われ続けている。飽きちゃった。

ボーイと負け女が入って来る。

ボーイ　ＭＩＷＡさん！『倫巴里』ラストステイジです（去る）。
負け女　こちらにお願いします。
ＭＩＷＡ　はい、はい。
負け女　美輪さんて。
ＭＩＷＡ　なに。
負け女　生きていてつらいことなんてなかったでしょう？

ＭＩＷＡ　あるわけないでしょう。
負け女　そうか、あたし、やっぱりキューバに行こう。

負け女、不在の椅子に手をかける。

ＭＩＷＡ　駄目よ、そこに座っては！
負け女　え？
ＭＩＷＡ　いつも、その椅子に座って、あの人が私を見ているんだ。
負け女　誰が？
ＭＩＷＡ　……誰が？
松葉杖の少女　ええ、誰が座っていたんですか？
ＭＩＷＡ　忘れてしまった……誰が座っていたのか。でも『あの人』が座っていた。とても静かな夕暮れに。穏やかに。微笑んで。私は縮こまるように、『あの人』に包まれていた。縮こまっているのに、私は広がることができた。春の緑の風の中で。夏の青い星空の中で。秋の赤い森の中で。好きだった。冬の白い白い光の中で。本当に好きだった。『あの人』を。でも、その人が誰だったか、忘れてしまった。時が愛を消すことはない。けれども、時は記憶を消してしまう。愛していたという記憶を、無残にも時は消してしまう。そして誰かが座っていた、不在の椅子だけが、そこにのこる。忘れてしまった。忘れてしまった……忘れてしまった。

ＭＩＷＡ、無言で立ち上がる。
舞台へ向かうＭＩＷＡの後姿。
幕が開く。喝采。『愛の讃歌』。
美輪明宏の歌声が聞こえてくる。

【キャスト】

MIWA　宮沢りえ
赤絃繋一郎《あかいいとけいいちろう》　瑛太
マリア　井上真央
最初の審判／通訳　小出恵介
ボーイ　浦井健治
負け女　青木さやか
半《はん》・陰陽《いんよう》　池田成志
オスカワアイドル　野田秀樹
安藤牛乳　古田新太

秋草瑠衣子／秋山エリサ／大石貴也
大西智子／川原田樹／菊沢将憲
木原勝利／河内大和／近藤彩香
佐々木富貴子／佐藤ばびぶべ／佐藤悠玄
紫織／下司尚実／竹内宏樹
手打隆盛／土肥麻衣子／鳥居功太郎
中原百合香／西田夏奈子／野口卓磨
深井順子／的場祐太／六川裕史

【スタッフ】

作・演出	野田秀樹
美術	堀尾幸男
照明	小川幾雄
衣裳	ひびのこづえ
選曲・効果	高都幸男
振付	木佐貫邦子
映像	奥秀太郎
美粧	柘植伊佐夫
舞台監督	瀬﨑将孝
プロデューサー	鈴木弘之
企画・製作	NODA・MAP

気が滅入っている時に、あと書きですか……

死ぬわ、死ぬわ、倒れるわ、まあ、私の周りの友人はひどいことになっている。そのたびに思う。私はもはや、たまたま運よく生きている側の人間だ、ということだ。

つい最近（２０１４年12月）、口の曲がった大臣が、「またそんなこと言って、おめえ口が曲がるぞ」みたいな発言をして世の顰蹙を買った。何度目だろう。そのこと自体は全く驚かないのだが、その発言の中身は「長く生きている人たちが問題なのではなくて、子供を産まないことこそが問題なのだ」というものだった。

「子供を産まないことが問題だ」という考え方の裏にあるのは、「たくさん子供がいれば、年寄りの年金を賄える」という考え方なのだろうが、子供というのは「年金」のために生まれるものなのだろうか？　もちろん、「そうだ」と言われれば、人類が長い間抱えてきた「人間は、何のために生まれてくるのか？」という難問が、あの漢字も碌に読めない口の曲がった大臣によって、あっさりと解決されたことになる。でも、どうだろう……「人は年金のために生まれる」……ううん、それは、明治時代の富国強兵「産めよ殖やせよ」と見事に似すぎてはいないか？　子供が増えれば、男の子は兵隊になるし、女の子は、また子供産めるし

（ねずみ講か！）、みんな働くし、そんでもって国は栄える……みたいなことだったのか？　なんにせよ、「産めよ殖やせよ」にしろ「子供を産まないことが問題」にしろ、そこで語られている「子供」は、この世とは関係ない。今、この世にいないのだから。

やっぱりこの世と関係があるのは「長生きをしてきた人間」そのものではないか。

我々だ。

我々こそ問題である。

バッタバッタ倒れていく友人を思うたびに、自分は、いよいよ「長生きをしてきた人間」側として、つまり「死ぬまでは生かされている人間」側として、「今日」というものを考えてしまう。だからと言って、本気でまじめに考え続けると、気が滅入ってしまう。そして気が滅入って書いたり作ったりしたものというのは、結局、それほど面白くない。ちょうど、この「あとがき」がそんなに面白くないように。

つまり私は、今、気が滅入っている。

なんで、そんなことになっているかと言えば、周りの友人たちが、バッタバッタと死んでいるからである。「人生」だから、そんなことは仕方ないのだ。その通り。「死」を呪っているのではない。「運」という、不思議なものを見すぎたからである。「今日」を「誰が生きて、誰が死んでいい」のだろう。

この本に収められている二つの作品には、昭和を「生きて」「死んだ」人が沢山出てくる。そのすべてを「運」の一言で片づけていいものなのか？　自分が、運よく生きているだけに、繰り返し考えてしまうのである。

そしてまた、気が滅入るのである。
もしかしたら、私はもう、人生の「あとがき」を書きはじめているのか？
ああ、そんなことを思ったら、尚更、気が滅入ったじゃないか。
だからいやだったんだ、「あとがき」なんか書くの。

野田秀樹

初出

エッグ　「新潮」二〇一二年一〇月号

ＭＩＷＡ　「新潮」二〇一三年一一月号

「エッグ」は、２０１５年版の公演前の台本を底本としたため、一部公演時の台詞と異なる場合があります。「ＭＩＷＡ」は、公演台本を元に加筆修正しています。

本書収録の作品中、差別的表現が出てくる箇所がありますが、著者の意図は決して差別を目指すものではありません。作品の文学性、芸術性の上から表現の言い替えを行わず、原文通りの表記といたしました。読者の皆様のご賢察をお願いいたします。

〈編集部〉

エッグ／MIWA
21世紀《せいき》から20世紀《せいき》を覗《のぞ》く戯《ぎ》曲《きょく》集《しゅう》

著　者………野田秀樹《のだひでき》
発　行………2015年 1 月30日

発行者………佐藤隆信
発行所………株式会社新潮社
郵便番号 162-8711 東京都新宿区矢来町 71
電話　編集部 03-3266-5411
読者係 03-3266-5111
http://www.shinchosha.co.jp

印刷所………錦明印刷株式会社
製本所………株式会社大進堂

乱丁・落丁本は、ご面倒ですが小社読者係宛お送り下さい。
送料小社負担にてお取替えいたします。
価格はカバーに表示してあります。

ISBN978-4-10-340517-7 C0093

兄おとうと　井上ひさし

兄は「民本主義《みんぽん》」を唱える吉野作造。十歳年下の弟はお役人。大正から昭和へ、仲良し兄弟も〝国家〟をめぐって大喧嘩！　民主主義の先達の苦闘を描く大好評の評伝劇。

一週間　井上ひさし

昭和21年、ハバロフスク。日本人捕虜・小松修吉は若き日のレーニンの手紙を秘かに入手。しかしそれを狙うソ連極東赤軍が……。井上ひさし最後にして最高の長編小説。

言語小説集　井上ひさし

まさか、カギ括弧が恋をした⁉　意思をもった「言語」が、人間たちを弄ぶ――日本語に遊び、日本語を挑発する七編を収録。笑いが弾け飛ぶ、著者唯一の掌編小説集。

井上ひさし「せりふ」集　井上ひさし　こまつ座編

「ことば」が「せりふ」になると、哀しみは笑いに変わる――。処女作から遺作「組曲虐殺」まで、70にも及ぶ戯曲から、こまつ座が自ら厳選した107の名せりふを収録。

臈《らふ》たしアナベル・リイ　総毛立ちつ身まかりつ　大江健三郎

永遠の美少女、アナベル・リイ。そしてアジアから世界へと花ひらくはずだった一本の映画。――ひとりの女優、ふたりの男が生涯を賭けた夢の、ラストシーンが始まる！

大江健三郎　作家自身を語る　大江健三郎　聞き手・構成　尾崎真理子

創作秘話、未発表作品、恋愛観、フェミニズム、自爆テロ、同時代作家との友情と闘いなど、半世紀に及ぶ作家人生と時代の考察を語り尽くした「対話による自伝」！

聖痕　筒井康隆

一九七三年、葉月貴夫は余りの美貌ゆえに五歳にして性器を切り取られたが――。聖と俗、性と美食、濁世と未来を担う、文学史上最も美しい主人公の数奇極まる人生。

馬たちよ、それでも光は無垢で　古川日出男

そこへ行け。震災から一月、福島県に生まれた作家は浜通りをめざす。被災、被曝、馬たちよ！目にする現実とかつて描いた東北が共鳴する、祈りと再生の長編小説。

ドッグマザー　古川日出男

僕はここ京都で聖家族を作る。大震災後のひびが入った世界で。前世を売る謎めいた「教団」の闇の中で。ポスト3・11の新たな想像力が爆発する、三部作長編小説。

冬眠する熊に添い寝してごらん　古川日出男

秘められた掟を生きる兄弟と、呪われし出自をまとう女が交わるとき、血の宿命は百年を超えて彼らを撃ち抜く――。蜷川幸雄へ書下ろす、小説家の豊饒なる長篇戯曲！

このあいだ東京でね　青木淳悟

街は言葉でできている。今最注目の新鋭が恐るべき手さばきで組み立てていく、誰でも知っている、でも誰も見たことのない、ぼくらの街のスーパーリアルな解剖図、全8篇。

太陽・惑星　上田岳弘

やがて人類は不老不死を実現する。その先に待つのは希望か、悪夢か。三島賞選考会を沸かせた新潮新人賞受賞作「太陽」と対をなす衝撃作「惑星」からなるデビュー作！